臆病な都市

砂川文次

講談社

朝がきた。目を覚ました。

どっちを先に認めただろう。

とにかく目を開けて、ベッドからむくりと上体を起こす。身体が重かった。背を丸め、茫然と自分の両手を見つめる。

視線を自身の胸元から足先へと伸ばしていく。ベッドが途切れると、次いで壁が現れた。掛け時計には秒針も数字もない。黒い円盤に等間隔に白い点が打たれ、同じく白い長針と短針があるばかりだ。長短のバランスとこれまでの経験から、なんとなくの当たりはつく。まだ時間に余裕はあったが、焦らずに一日を過ごすためにはそろそろ動き出さねばならなかった。

こういうとき、つい自由業というものが羨ましくなる。退屈と焦燥とがわけもなく胸中沸き起こった。

八畳一間のワンルームは、物が少ないから広さのわりにそう窮屈ではない。Kは臀部を軸に九十度身体を回転させて両足を投げ出し、ちょうどベッドに腰を掛けるような姿勢をとる。カーテンは閉め切ったままなので部屋はまだ薄暗い。両膝のすぐ先に背の低いガラステーブルがあり、その上にはティッシュ箱とリモコンがあった。

Kは立ち上がりざまにテレビをつける。リビングから玄関へと向かって廊下が伸び、その左手にユニットバスがあった。

今いる部屋と廊下とはドアで仕切られており、そして電気のスイッチはドア近くにある。部屋に明かりをともすにはまず立ち上がらねばならなかった。

とはいえ長くもないがそう短くもない期間をこの部屋で過ごしていたから、たとえこのままでも身支度はできる。

手の届く範囲、自分の管理し得る範囲に生活の大部分があるのは十分な安心を確保してくれるが、一転退屈でもあった。もしかすると、退屈というのは管理と安心のことなのかもしれない。

洗面所で歯ブラシを手に取り、歯を磨きながら隣の便器で用を足す。一連の身支度を終え、冷蔵庫から二リットルペットボトルのお茶を抜き取り、コップに注ぐことなくそのまま飲んだ。歯磨き粉の風味がまだそこはかとなく口中には漂っていて、緑茶の苦みとまじりあう。

ぼんやりとニュースを見、著名人の出る新CMが来月から放送されることと親の子殺しという凄惨な事件が地方で起きたことを知る。天気予報が終わった。今日、この街は曇天であるらしい。

七時を跨《また》ぎ、また別のニュース番組に切り替わったところでKはテレビを消しておもむろに立ち上がる。玄関へと向かう流れで部屋の電気を消す。カーテンを開けるか否か、一瞬迷いもしたが、どうせ帰って来るのは陽が沈んでからだからとそのままにした。開けたところで向こうには一畳そこそこのベランダがあるだけで、なによりもそのベランダと鼻を突き合わせるみたいにどこの誰とも分からない家族の戸建てが、それこそ壁のようにそそり立っている。カーテンを開けた拍子にうっかりそのうちの誰かと顔を合わせてしまうなんてことになるのは是非ともご免こうむりたかった。他人の生活は——ひょっとすると自分のものもそうかもしれないが——攻撃的だ。

Ｋのアパートは二階建てで、それぞれ四部屋が入っている。Ｋの部屋は一番奥まったところにあり、隣は去年から空室のままだ。真下には大家がいて、そこにのみ張り出した形で小さな庭がある。庭を囲う柵と隣家との間隙はほとんどなく、きっと野良猫だって通れない。もちろん昼でも日差しは入り込まず、水やりだってろくにしていないのだろう、植木鉢の上には茶色の乾燥した何かが散乱していた。ドアを開けるとこの庭が、大家の生活が嫌でも目に入る。

延々と続く曇天の下、Ｋは家を出た。寒さとも湿気とも無縁の、冬と夏との狭間にある今時期がＫは好きだった。

欄干に、誰かの傘が開いたままかけてあって邪魔だった。

アパートはリフォームをされていたから部屋の中はモダンな装いで、外壁も塗装を新たにしていたが、形状そのものが持つ古さそれ自体を拭い去ることはできない。建物の前は一方通行の道路で、この側にのみ二階へ、つまりは自室へ上がるための階段があり、Ｋはいまこれを降りている。

月曜の朝の憂鬱さ、心地よい気候がもたらす爽快感とが相殺されてプラスマイナスゼロ、そこにあの庭先に転がる植木鉢の残骸みたいな、しゃべる化石の大家と鉢合わせでもしたら、まあマイナス二百くらいは固いな、などと簡単な引き算をする。

階段を降りるごとに妙な金属音が鳴った。

婆さんよ、今朝ばかりはいてくれるな、と祈りにも似た思いをＫは抱いたが、関わりたくない事柄ほど関わらなければならない事柄であるというのは世の常だ。

側溝にて、ほとんど直角になっているのかと見まがうほどに腰を曲げてほうきと塵取りを手にする老婆の姿を目にし、Ｋは自分の一日がマイナスからスタートするのを認める。

別段、Ｋは人付き合いが苦手であるとか厭世的というわけではなく、どちらかといえばこの性質はＫの世代に共通するものと言ってよかった。

せめてこれ以上暗澹《あんたん》たる気持ちにならないためにも、Ｋは何食わぬ顔で横を通り過ぎようとしたものの、そんなＫの心中やら性質を老婆が察してくれるはずもなく、年寄り特有の人懐っこさで以て今も「あら、おはようございます。今日もお仕事たいへんですね」としわがれた声を無邪気に投げかけてくる。

「おはようございます」

Ｋは応えながら改めて横を通り抜けようと思ったが、そううまくはいかなかった。

「変な鳥がね、最近やってきているでしょう、だから朝こうやって掃き掃除するついでにね、うちの周りも見ようと思って。見かけた？　鳥。こう、茶色で足の長い、くちばしが黄色の、」

「鳥？」

さすがのKも立ち止まらざるを得ない。

「そう、鳥よ、鳥。最近テレビでやってるでしょ、あんまりテレビ自体見なくなっちゃったけど、でもね、お天気くらいはやっぱり確かめないといけないでしょ、お洗濯ものだってあるし。うちの人がいなくなってもう何年もたつからね、家のことだってひとりでしなくちゃなんないから、でもあの人がいた頃からずっとやってたんだけどね、いやだよほんとに、あの人ったらなんもしてくれないんだから……」

婆さん、手が止まっているぞ、とKは内心毒づく。

「すみませんね、大家さん、仕事があるので……」

Kがそう言うと大家は殊更《ことさら》に驚いてみせ、「あら、そうよね、若い人はみんな仕事だものね」と言った。Kはその隙を逃さずに歩き出したが、その背に向かってなおも大家は「鳥ね、鳥、何か見つけたら教えてちょうだいね」と言葉を投げかけてきた。Kはいかにも申し訳なさそうに、上体だけをわずかにねじって頭を下げ、足早にその場を後にする。

駅に向かう人と駅から出て来る人の数は、こと朝に関しては均等ではない。みな同じ方向に歩いているとすら錯覚してしまう。時折遡上する魚の如く、流れに抗う人が駅を背にどこかへ行く。

陽気のせいだろうか、何かが始まる気がした。Kは一瞬興奮が沸き起こるのを感じたが、すぐに現実を知り尽くしている方の自分で以て、その感情を打ち消した。「何かが始まる気がする」という感覚に嘘はない。だけどそれで何かが始まったためしなど未だかつてなかった。

十五分ほど歩き、ようやく駅へとたどり着く。線路の上に覆いかぶさるようにして駅がある。そのさらに上には商業ビルが載っかっていた。だからこのあたりは歩道橋とペデストリアンデッキで高度に立体化されている。Kも今は人々の流れに乗ってエスカレーターでそこへと昇っている最中だった。

拡声器を持った白髪の老人が、自身の氏名と写真がプリントされている立て看板の隣で安心と安全と生活の重要性について滾々《こんこん》と言葉を垂れ流している。特急列車が線路の継ぎ目を小気味良く規則的に踏んでいく音と車の往来、雑踏が入り乱れてその声をかき消した。道行く人々はみな言葉なく、足元か携帯端末の液晶を見つめながら歩みを進めている。誰しもが自身の目的地になど一切の注意を払っているようには思えなかった。ただ一つの性質と言ってよいものだけが彼らを、そしてＫをも動かしている。

当たりはついているが、その性質が何なのかを改めて問いただす気は起きない。分かろうが分かるまいが、とにかくこれに従順でいる限りは自身の身の安全が保障されているのだから。Ｋは、もう三十を目前にしてあまりにも青臭い疑念を抱き、改札を通り抜ける。

上り路線がある六番線のホームへと立ったとき、ふとそんな疑念を抱いた自身を恥じた。通りの向こうにいる誰かが手を挙げ、それが自分に向けられたものかと訝《いぶか》しみつつも、返事をしないのも悪いので、ぶっきらぼうに手を挙げかけたところで、背後からぬっと別の誰かが現れた時の恥だ。

Ｋは周囲をそれとなく見渡した。よもや自分の心中を覗き見ている者がいやしまいかと急に不安を覚えたのだ。無論杞憂だった。いつもと変わらぬ朝だ。誰しもが整然と並んでは次の電車を待っている。アナウンスが電車の到着を予告した。

それからすぐにはちきれんばかりの人を詰め込んだ、オレンジ色のラインが特徴的な電車がやってきた。ドアが開く。勤め人が吐き出される。女性のショルダーバッグがドア付近に取り付けられた手すりにひっかかって、前へ進めずに人の出入りがつかえる。駅のホームでは乗ろうとする人と降りようとする人が交錯してちょっとした混乱が生じた。幾人かは身体を車体へ滑り込ませることに成功するものの、まだその奥側には降りようとする者が何名かいて、またそこで小競り合いが起きる。ホームにいる何人かはいらだった様子で別の車両へと移動していく。各ドアには駅員が配置されていたものの、この濁流の前には無力だった。結局問題の女性がいなくなってもなお混乱が収まるのはしばらく経ってからだった。発車を知らせるメロディだけが空しく構内に響く。

電車は東へ行く。カーブに差し掛かり車体が傾く。最初に反応をするのは吊革で、常に重力に拮抗しようと位置の保持に努めている。人々は先のとおり、とにかく押し込まれているから倒れることはない。ドアの上にある液晶パネルは天気予報や化粧品の広告、次に開くドアなどを次々と脈絡なく映じている。

Ｋが乗車した駅と全く同じ光景が、停車した駅の数だけ繰り広げられ、三十分ほどかけてＫは職場のあるオフィス街に降り立つ。

家を出てから一時間も経っていないのに、もうひどく疲れたし、今日も明日もきっと何も起きやしないと確信した。

駅から職場の首都庁は地下道で繋がっている。街全体に地下道が張り巡らされていると換言してもよい。

　ホームから地下改札、地下道へと人々が流れる。途中、スロープが備えられたタクシー降車場を横目に見ながらまた別の地下道へと入っていく。いくつもの路線が接続されるターミナル駅だから、言うまでもなく周囲は人だらけだ。

　月曜ということもあってか、心なしか誰しもが陰鬱な表情をぶら下げているように見えた。Ｋは幸か不幸か、出先機関に勤めたことがないから、六年間ずっとこの通勤経路を通い続けている。家を出る時間が多少前後しても、不思議なことに朝このあたりを通ると必ずといってよいほどに目にする顔を、この濁流の中からいくつも見つけ出すことができた。

　流れには規則がある、とＫは思っている。

　自分も含めて、誰もがこの線路からはみ出さない限りにおいて、安全と安心を確保できるのだ。

「ぼけっとしてるな」

　はじめそれが自身に向けられたものとは全く気が付かなかった。雑踏と、どこからともなく流れる何かのアナウンスばかりが耳に届いていたが、その実どれも意識には到達していない。

「おいK」、と改めて声をかけられ、ようやく自分となんらかの関係のある者が声をかけているのだと気が付き、振り返ってみると同期のヨシダがいた。

ああ、と気のない返事をする。

「なんだよ、やる気なさそうだな」

どうしてすぐに気が付かなかったのだろう、とKは考えた。考えたが、考えるまでもなく、気が付かなかったのはとりもなおさずそもそも気が無かったからに他ならない。さっきまで歩いていた自分は自分でもなんでもなく、例えば今朝方足下にあった植木鉢の上のカスみたいなもので、あれが風に吹かれてどこへともなく飛んでいくのと同じ理屈で、生活によって自身が漂泊しているだけだ。

考えるのはほんの一瞬で、まだ一歩も前へは進んでいない。

「生活が、おれを漂泊させるんだ」、なんてことは口が裂けても言わない。

誰しも思うところがあるだろう。ほとんどない者もいるかもしれないけれど、まるっきり何一つない人は多分いない。例えば左前方を行く、携帯の液晶に映じられるメッセージアプリケーションに視線を落としてはニヤつくボルゾイみたいなOLも、実は心中コギトや世界内存在について思いを巡らしているかも分からないわけだ。でも彼女は、決して道行く人々に向かって自身が世界に対して開かれているなどと言いはしないし、ヨシダにしても同じだ。そうであれば自分もまた同じで、わざわざ「生活」と「漂泊」という単語をくっつけて口に出すような愚鈍な真似はしない。

Kは、大多数に共有されている利益ないしは価値観の総体を、なんとはなしに最大公約数と名付けた。自分の発散する想念は、そこには含まれていないので、ヨシダの茶々にはちゃんと「そんなことないよ、人生で一番はりきってるところだったんだけどな」とまぜっかえしてやった。

すぐに、「そっちも鳥の件、なんか対応求められてんの、上から」、と話を振られる。

「また鳥かよ」

地下道の出口に差し掛かっていた。それまで一定の流れを形作っていた群団が、徐々に散り散りとなっていく。地下特有の、反響し合う音の渦が次第に溶けていく。

しかし、『抜け出た』ということに思い至ったのは、庁舎の前まで来たときだった。

ヨシダは政策企画局調整部に所属している。プレスリリースだとか、反対にプレスからの質疑に対応させられるという業務の性質上、彼の持つ情報は常に新鮮である。

鳥のこともそうだった。都内で複数の、同種の鳥類が相次ぐ不審死を遂げ、何か未確認の感染症があるのではないか、と今関係所掌が状況の掌握に努めているらしかった。

「おれ行政部だからな、あんまり関係ないと思うわ」

庁内へ入るためには職員証か入館証をゲートでかざさねばならない。Kは話を一旦打ち切ってヨシダの後ろに並ぶ形をとった。駅の自動改札を思わせる入場ゲートがあって、職員証に埋め込まれたチップを読み取ることによって、アクリル板のゲートが開く仕組みになっている。

庁内にはいくつものエレベーターがある。それぞれのエレベーターに「1」から「12」までの番号が振られていた。これほどまで昇降装置が備えられているのは、建物の大きさはもちろん、庁舎が南北に分かれているのが理由なのだが、この二つの棟はそれぞれ独立したビルではない。庁舎自体、確かに一つの建物ではあるが、三十三階以降、別々のビルになる。

横長のビルに、縦長のビルが二本生えているという奇妙な構造だった。南北に空中回廊などはなく、三十三階以上に出向く用がある場合は、エレベーターを乗り換えなければならない。もっとも、二人はすでに南北の棟にいかなる部署が入っているかを思い浮かべられるくらいにはこの組織になじんでいたので、もはやそんなことを考えるまでもなかった。

「そんなことないだろ、都下の首長連中のなかでもちょっとした騒ぎになってるんだぜ」

Ｋは苦虫を噛み潰したような表情を作ることで返事に替えた。

「まあ、人生で一番やる気のある時期らしいから大丈夫か」

ヨシダは学生時代から野球で鳴らしていて、今もなお庁内有志の部活にも所属していた。同い年だったが、たぶん人は彼の方を二、三は若く見積もるに違いなかった。短く刈った頭髪や浅黒い肌、小ぶりの目鼻立ちなどはいかにも少年のようだったから、今も皮肉を言われたとすぐには気づかなかったくらいだ。

エレベーターホールには、続々と人が集まってきていた。

「どっちにしても具体的な対応求められるのなんてしばらく経ってからじゃないの」

二人の足下には地下鉄も走っていて、駅と庁舎は直結している。エレベーターが何本か一階にも止まったが、すでに人で溢れ返っていて、二人は二本見送った。

壁に埋め込まれた液晶画面には、刻々と変わる階数が映じられている。二人とも視線を交わさずに会話を続けた。

「発生してすぐに衛生局のほうじゃ招集かかったみたいよ。専門職だけど。うちもなんかコメント出さないのかってプレスから色々来たよ」

エレベーターはホールを挟むように設置されており、高層階へ向かう直通のものと、低層各階に止まるものがそれぞれ三つある。二人はようやく三本目に乗ることができたが、この狭い空間の中で会話をするのはさすがに憚《はばか》られ、妙な別れ方となってしまった。ヨシダと別段不仲なわけではなかったが、Kはあえて階数ボタン上部に備えられている液晶画面の階数に焦点を合わせ、ヨシダも何かを察したのか、Kと視線を合わせようとはしなかった。ヨシダの職場は六階、Kは十三階にあった。各階で人の乗り降りがあり、ヨシダがこの空間からいなくなったとき、Kはなぜか安堵した。

しばらくして、Kも十三階で降りた。ここの造りも一階とそう変わるものではないが、直通エレベーターの部分は全て壁になっていた。

廊下は南北に伸びていて、執務室はその西側に並んでいる。Kの職場もそこにあった。執務室への入口はいくつか用意されているが、Kはそのちょうど中央へと歩みを進める。

執務室の出入り口にドアはなく廊下に対して開け放たれている。入口の左右には、執務室全体の配置や課・係名が強化ガラスに印字されていた。

ボブテックスの床材が、足裏へうまい具合に吸い付いてきた。ぱらぱらと他の職員も登庁してきているようで、方々から挨拶や担当業務のやりとりについての声が聞こえてくる。

総務局は、首都庁内でも比較的大きな部署であり、この階の下にもいくつもの総務局麾《き》下《か》の部・課が入っている。十三階にはＫの所属する行政部の他、人事、総務の二部が入っていた。それ故、執務室内は均等に三等分されていて、どれも似たような作りになっていた。廊下側には各課各係の島が、反対側には全体を見渡せるように所属長の座席が配置されている。各部の境界には高さ二メートルほどあるキャビネットが備えられているが、課の境は、天井からぶら下がっている案内板以外にはないのであいまいだ。

Ｋの席は、部内でもおおむね中央に位置していて、ちょうどこの執務室全体の真ん中にいる形となる。

「おはようございます」

ＰＣのスイッチを押すのと変わらない事務手続きの一つとして挨拶をする。返事があろうがあるまいが、Ｋは歯牙にもかけない。ここにいる時、多分自分も彼らも人ではなく、もっと別の何かとして振る舞う。だからお互いに人としての反応を期待していないのだ。パーカーを回転イスの背もたれへとかけ、デスクの下へとカバンを押し込みつつ、ふとそんなことを思った。

デスクマットが敷いてあり、机とその間には、たとえば関係部署の電話番号と内線表、文書記号などが所狭しと並べてあり、他にも走り書きされてある付箋紙がいくつか張り付けられてあった。

大きく息を吸い込み、腕をぐんと伸ばした。口をすぼめて肺から空気を絞り出す。同時に腕をだらりと下げた。

右手には引き出しが三つあり、下から大中小といった大きさで、その一番下を開けるとノートＰＣが入っている。ＬＡＮケーブル、電源とをつないでＰＣを起動し、パスワードを入力する。画面が立ち上がって、メールや進行中の仕事について確認し、予《あらかじ》め頭の中でなぞってきたものと一致することを認める。

しばらくすると、始業を知らせる放送が流れ、課長がおもむろに執務室の中ほどにやってきて朝礼を始めた。手にはＡ４のノートがある。

両隣の課でも同様のことが行われていて、何を言っているかまでは聞き取れなかったが、うっすらと男の低い声が届く。

課長は、今日の自分の予定、国と知事の重要事項とそれに関係する業務について、時折ノートに視線を落としながら自分のためだけに喋るみたいに喋る。

最後に、と課長はノートの下の方へ指を這わせつつ付け加える。

「みなさんの中にすでにご存じの方もおられるかとは存じますが、存じますが、都下自治体の甲市をはじめ、えー、いくつかの自治体で同種鳥類の不審死が、不審死が、あー、報告されています」

課長は、でっぷりとした体型の五十路男だった。元々やる気のある方ではない。役所の世界は狭いから、そういう人となりはじんわりと広がっていくものだ。今も課長は頭の中で何かを思い出しながらしゃべっているものだから、どうしても妙なところで語尾が伸びたり同じ語を立て続けに並べる間の抜けた話し方をする。

「現時点で、えー、特段対応をとる必要性はありませんが、ありませんが、関連業務などある方もおられるとは思いますので、みなさんご承知おきのほどよろしくお願いします」

ほかに連絡事項のある方、と課長が言うも、執務室は静まり返っていた。電話が鳴って沈黙が破られると「じゃあ今日も一日よろしくお願いします」の締めとともに朝礼などはじめから行われなかったかのように各々仕事に取り掛かった。

Ｋ君、と名を呼ばれ、画面から視線を上げる。ディスプレイ越しに三人の男が並んで座っているのが見える。顔の造りも年齢もばらばらのはずなのに、ふと彼らは兄弟か何かのように思えた。自分もまたその中に名を連ねているのだとしたら嫌だな、と思った。左隣は年若い女性職員で、右隣はいつも年配の職員がいるが今日は休暇を取っていて空席だった。

六人の職員が向かい合うようにして一つの島を、係を形成している。総務局行政部市町村課地域連携係がＫの所属だ。

この長方形に対して凸部を形成するかの如くもう一つ席があり、そこが係長の席だった。

視線を移すと、声をかけたのが係長だということが分かる。

ちょうど仕事に取り掛かろうとしていた矢先だった。

係長が「さっそくで悪いんだけど、さっき課長が話してたアレさ、うちに関係あるやつなんだよね」と、いかにも申し訳なさそうにかつ伏し目がちに言う。所在なく首筋をさすっているところを見るに、どうも自分に頼み事があるらしい。

「どんな業務なんですか」

まあ大したことではないんだけど、の前置きののち、「今メールしたからちょっと見てみてよ」と指示が飛ぶ。

Kは常時、決裁や供覧に回す文書管理のソフトウェア、それからメール、調査関連の業務ファイルを開いている。係長は予め下書きでもしておいたのだろう、すぐにメールが届く。Kはメールウィンドウを一番手前へと呼び出した。

「見てもらえばわかるんだけど、なんかあの鳥の件、先月くらいかな、ちょくちょく報道されてたみたいなんだけど、大々的にこっちでもやるようになって火が付いたっていうのかね、うちが受け持ってる市町村からも問い合わせとか入って来ちゃってさ、まあ所管部署に供覧で回すだけだから、ほんと大したことではないんだけど」

係長は三十代後半の男で、役人にしては珍しくこざっぱりとした性格で面倒見もよかった。

なぜ自分なのだろう、とKはもう思わない。係で唯一の女性職員は配属されてまだ日が浅く、一方他の四人は、業務に関して効率的ではあったが、融通が利かなかったし、係長と同年代かそれよりも上ということもあって業務の依頼はしづらいに違いない。前例のないもの、形式の定まっていない業務は、いつしかKが受け持つようになっていた。落ちくぼんだ眼と角ばった顎《あご》が特徴の係長は猛禽類のようでもある。Kは返事もため息ともつかぬ、「まあ」、とどちらかといえば肯定寄りの答えを返した。

「悪いんだけど、今日中に処理しといてもらえるかな」

自身の問いかけに対する答えは前もって決まっていたとも思わせる口ぶりだった。

Kはメールに添付されていた「要望書」なるファイルを開いた。中身はなんてことはない、いつもの「行政の対応が遅い、悪い」を明文化したものだった。いささか連名されている人数が多いということと、中には地域の名士と言って差し支えのない人物の名もあったことから、こちらも無下にはできなかったのだろう。

Kのカウンターパートは、主に市町村の企画担当と国の機関だ。業務内容は連絡・調整で、悪くいえば単なる伝声管だ。

いずれかから収受した文書の体裁を整えて鑑文《かがみぶん》を添えて、適当な部署に送付する。どちらの組織にも似通った名の所掌があり、行革やらペーパーレスなどをやっているものの、結局のところは縦割りだから間違った部署に送付すれば、必然的にまたこの席に書類が返ってきてしまう。戻ってこずとも、必要以上に時間がかかれば、送付元から「確認」

という名のもとに愚痴の一つでもこぼされるので、こちらも性に合わぬ神経質さでもって点検をしてやらねばならない。

中身は無関係だ。それを発出した主体と受け取り手を間違わないことこそが重要なのだ。

Ｋは言い訳とも正当化とも分からぬ言説でもって自分の行為に疑問を持たぬよう命じる。

身もふたもない話だが、何もこれは自分だけに限った話ではない。そもそもこういった議題を持ち上げている連中だって、所管に送ることさえできれば彼らの課題の八割がたは解決を見たような気でいるのだから。

そしてこれはここの部署だけではなく、全庁的に、もしかすると全国的にそうなのだ、とＫは前にいた部署のことを想起しながら思った。

最初の部署は産業振興を所掌するところだった。

仕事に慣れてきた頃に、多分今行っていることは真に中小企業や個人事業者の力にはなっていないと感じ、いくつかの企画を提案した。すげなく却下された。

理由は、「要綱の改正が場合によっては必要になる可能性があるから」という、よくよく考えるまでもなく、できない理由にすらなっていない理由のためだった。

　そんなことを何度か経験するうちに、庁内だけでなく、関係機関や民間において特権的と言ってもいいような立場にある団体も、全て独立して完結しているシステムなのではなく、これらはどこかで富める時も貧しき時も健やかなる時もまた病める時も密接不可分につながっていることを知った。要はその途方のなさを知ったのである。

　自身のふざけた態度、もっともこれを外に出すことはまかり間違ってもしないが、これがその巨大なシステムに対する唯一の抵抗らしきものなのかな、とも一瞬脳裏をよぎったが、いや違うか、とすぐに否定する。

　この回路だか迷路だかシステムだか分からないが、とにかくこれにいくらか腹を立てようとも、実際的に自分は他の誰とも寸分たがわずこれに従順なのだ。他の誰しもにおいてもこの仕組みの巨大さとバカバカしさを承認しているのと同じように。

　結局のところ、多少不自由を強いられようともあの手の届く範囲に色々な物がある部屋と安心と安全が、仕組みによって保障されているのだ。

　そうした雑念を三割くらい頭の片隅に残しつつ、Ｋは先の文書を要約し、関係すると思われる局へと、係長、課長を経由して電子上で供覧に付す。

メールの確認をしているところで、改めて係長から呼び止められる。先ほど送付した文書の件についてだった。

「ごめんね、これ、『からす』じゃなくて『けり』って読むんだ」

「え？」

「だからね、漢字の話。面倒だけどさ、文案にあった『烏』のところ全部『鳧』に直しておいてくれる」

差し戻されたデータを見てみると、確かに作りが違う。そもそもタイトルが未確認野生鳥獣媒介新型感染症予防対応に関する要望、となっていることから勝手に頭の中で『烏』に替えてしまっていたのだろう。ふと、今朝大家が鳥についてごちゃごちゃと繰り言を言っていたことを思い出した。ひょっとするとこれについてのことだったのかもしれない。自分で作った文書ではあったが、中身はまるで入ってこない。大切なのは並びだ。だれがどこに送りたいか、ということが肝要なのだ。だから今Kははじめて文書を真面目に読み通した。

なるほど今朝方ヨシダの言っていることと、筋はそう変わるものではなかった。ただ、問題として表面化したのは本当にここ数日での出来事らしい。

たまたま「けり」の死骸が相次いで発見され、未確認の感染症が発現しているのではないかということで保健所をはじめとする関係機関が検査に乗り出し、一定期間さかのぼって調査をしたところ、首都圏各地で同種鳥類の回収の数が相当数あると確認され、にわかに今回の騒動へと至ったようだった。

要望書は首都庁下甲市を筆頭とするいくつかの自治体及びその代表者の連名で提出されている。所管は首都庁衛生局だ。

代表者といえど、なんてことはない、ただ代々その地域に長く住んでいるだけの年寄りのことだ。Ｋは別に侮っているわけではなかった。こういった手合いが自身の仕事を、あるいはカウンターパートたる基礎的自治体の職員を苦しめていることをよく知っていたからだ。彼らの対応を誤ると、事態は泥沼になる。なんといっても、彼らが年とともに、世代とともに培ってきた影響力というやつは計り知れない。一転、しがらみでもあることをＫは知っている。この名士たちが本来持つべき使命感からこの行動に出たかは疑わしい。票田が畜産かなんかを営んでいて、かつ後援組織みたいなものにも属していて、無下にできない事情が案外あちらにもあるかもしれない、くらいにはＫはにらんでいる。

とにかく、報道が過熱とまではいかずとも、天気予報ほどの頻度で報道されると事実を明らかにせよという声が大きくなった。

係長から送られて来たメールには、この要望書の他に、関係機関が公式に出している報告書や関係機関の検査結果などもデータ化されて添付されていた。

先の要望にあった一連の流れだけを見ると、確かに何やら危機がゆっくりと迫ってきているような気がしなくもないが、身内の意見ばかりではあるが、関係機関の回答は全て一蹴している。要望書ではけりの不審死が相次いでいるなどと言っていたが、ある自治体の環境部は「けりの他にも複数種の鳥類等の死骸を回収しており、しかしながら紙又は電子、その他これに類する記録媒体上にその名称・数値等を計上していなかったことから正確な件数を把握することは極めて困難であった」と回答している。ありていに言えば「よくあることだから気にするな」をどこぞの役人がそれらしい文言を使ってそれらしい形に仕上げたのだ。首都庁衛生局も同様で、確かに検体回収や調査の事実はあるが、感染症の事実を裏付けるものは一切見つからなかったと言い切っている。むしろこの要望書がどうやって出てきたのか、そのいきさつの方がよっぽど気になる。

摩訶不思議なことだが、こうした事実を公表するごとに、なぜか騒ぎは大きくなった。

「大事にならなきゃいいね」

係長がディスプレイに視線を落としつつ、誰へともなく話しかける。

Kが係内を見渡すも、みな黙殺を決め込み、それと分かっているにもかかわらず自分もその輪に加わるのもなんだか気が引けたので、「大事って、この鳥のことですか」と応答してやる。

「そうそう。まあ因果関係なんてないからすぐに収まるんだろうけどさ、少し前に蚊とか蜘蛛でも大騒ぎしたじゃない」

添付データには、当該事象が発生してからの簡単な経緯が続いて記載されていた。

初めのうちは先のとおり、事実はないで通っていたのだが、批判に耐えかねたか、鶴の一声でもあったかは分からぬが、いつの間にか初めにあった「事実は認められなかった」という文言が「各検体に共通の因子は認められず、引き続き調査を要する」に変更されている。あとは塩基配列だとかアルファベットと数字の羅列ばかりで、素人には判断がつかなかった。たぶん係長の懸念は、この意思決定プロセスにこそかかっているのだろう。

「でもまあ、報告のとおりなんだから特に騒ぎがこれ以上大きくなるような感じはしないですけどね」、とKは言った。少し置いて、「修正したもの再送したんで確認お願いします」と付け加える。

その後、今度は課長に呼ばれた。課長の席は執務室内の窓側に位置していた。

「Ｋ君、この件なんだけどさ、多分前に衛生局の方で、ほら、なんだっけな、なんとか研究センターの検体の報告、ついてたと思うんだけど。あれ添付しといてよ」

課長はディスプレイを睨《にら》みながら言った。Ｋの作った文書に難癖をつけているわけではなく、単に近眼なだけだ。課長の癖である。元々彼は課長の席に座るほどの器ではない。昇任の序列だって低位にあったし、なにより本人のやる気が全くなかった。一転、長らくこうした職場にいたから細かい仕事は得意だったし、管理職がどう振る舞うかについては、並みの職員よりかは熟知していた。玉突き人事というやつだ。誰かが些細な過失で競争から転げ落ち、たまたま今の課長がその手前にいた、というだけの話である。

「これはこれでそのまま承認しとくけど、いったん引き戻して添付資料だけ付け加えておいてよ。今の部長結構細かいからさ、あんまり他局に厄介ごと振らないようにしないと。あともうこの件はこれでおしまいにしたいし」

彼は面前に立つことが苦手なのだろう、少々指示語が多いものの、一対一では滑らかにしゃべっている。ようやくＫと課長の視線が合って、「わかりました」の返答とともにＫはくるりと反転して自席へ引き返した。

午後も仕事を淡々と行って、定時に上がった。朝と同じ道を今度は逆順に辿っていく。駅の地下は、乗り換えだけでなく地下街としても開発されていて、無数に伸びる道と数多《あまた》の店舗が立ち並んでいる。月曜だが、それなりの人がどこかへと飲みに行くのが、彼らのまとう潑溂《はつらつ》たる雰囲気で知れた。

ある路線から別の路線へと乗り換える人々は、常に一定の軌跡を辿って一つの潮流となる。彼ら一人一人が、まるで初めからある流れに乗って、自身の足の踏む場所さえ事前に示し合わせられているかのように映る。反対側からも、ベクトルの違う一団が流れて来る。まだ街と一体となれていないわずかな人々は流れを見極めることができず、時折立ち止まったり、脇に避けては現在地を掲示する案内板などで今いる位置を確認していた。

Ｋは行くべき場所、帰るべき地点を思い描くことができる。通いなれた道だ、今さら迷うことはない。反面、二つを繋ぐ順路から外れたとき、果たして元に戻ることが出来るかと言われると心もとなかった。何にもまして、あえてこの波から出る勇気がないということが歯がゆい。

西口の地下道には、一か所だけ円形にくりぬかれた吹き抜けがある。その中央はスロープになっていて、地下からでもタクシーの発着が行われていた。円の縁に沿うようにして緑や黒のタクシーが車列を成してアイドリングしている。客は、そう多くはないようだった。

ロータリーの南西側に、象徴的な「目」のオブジェがある。道行く人々は、誰一人としてこれに関心を払うことはない。環境だ。景色でも風景でもない。意識に留まらない、快も不快もないものだけが環境としてこの街に存在することを許される。

帰り際までわざわざ満員電車に乗り込んで自身に負荷をかける必要はない、とＫは今朝乗った電車ではなく、黄色の各駅停車に乗った。自宅のある駅は、この電車の終着駅でもあった。

ポケットから携帯端末を取り出して連絡のためのアプリケーションを呼び出す。電話帳にはいくつものアイコンと名前が五十音順で並んでいた。

何をしようとしているのだろうか。逡巡すると、途端に操作していた親指も止まった。時間がないわけでも、体力がないわけでもない。気力に関してはいまいちかもしれないが、ひとまずそれは無視して、連絡を取れば今すぐにでも酒を飲み交わす仲間がいないわけでもなかったが、なぜだか途端に億劫になる。Ｋは携帯端末の画面上で、親指だけを無意味に動かした。

Kは駅前のスーパーに立ち寄った。カゴに食材を放り込みながら、ふと休みの日にこうした雑事をこなさずに怠惰に身を任せていた自身を不甲斐なく思う。

店内は、人々のざわめきとBGM、それから時折聞こえる会話でそれなりに騒々しかった。ここでもけりの騒ぎが少なからず影響しているようで、鶏肉の入荷が少なくなって、遠方の高いものだけが陳列されていた。

まったく、なんだってあんな根拠のないものにそうすぐ振り回されてしまうのだろう。それとも本当に、ただ自分のあずかり知らぬところで未知の病気が広まりつつあるのではないか、とも考えてみたが、やはり実感は湧かない。

家々から漏れる灯りがそこここに生活が在ることを教えてくれる。言い知れぬ不安が、影のように自分のあとを追ってきている気がした。

不安が実際的な脅威となって現れてくれるのであるなら、きっと耐えられる。

誰もいない家へと帰りつく。Kはベッドに横たわりながらぼんやりとテレビを眺めていた。家族はここより四百キロも離れたところにいて、もう二年近く帰っていなかった。天気予報で、故郷のある東北やかつて旅行で行った南西の島々が、明日は晴れであるということを知る。交友関係は日に日に疎遠になっていた。

気が付くと天気予報からまたしても別の報道に切り替わっている。画面の向こうで、黒々とした煙を吐き出す養鶏場が映し出されていた。原因はまだ特定されていなかったが、漏電の可能性が高いということらしい。消火活動が続いていたが、鎮火には至っていない。結局買い込んだ食材は全て冷蔵庫に押し込んでインスタント食品でことを済ませてしまった。

翌日の目覚めはよくなかった。睡眠時間が少ないわけではなかったが、なぜか身支度がはかどらず、いつもより十五分も遅れて家を出る羽目になってしまった。そういう時に限って階段下で大家と鉢合わせてしまう。

「あら、おはようございます。お仕事？　大変ねえ」

「あ、おはようございます」

まだ革靴に足が入り切っておらず、かかとを押し込む。何度かぎこちないスキップの要領でもって足を靴の奥へとねじ込む挙動を繰り返した。

頼むからこの状態から急いでいることを察してくれとKは祈ったが、その祈りが老婆に届くことはなかった。

「大変だったわねえ、昨夜のあの火事。こわいわねえ。Kさんも火の元には気を付けてちょうだいね。でも、」

大家は声を落とすことで、かえってそのあとに続く言葉を強調しようとしているらしい。

「あの農家、ほら、あの鳥よ、あの病気のせいで自分で燃やしたんじゃないかって、そんな話もあるみたいよ」

「はあ、」

Kはじりじりと大家から距離を置き、ちらちらと腕時計を眺める。大家の話は、別に『ここだけの話』というたぐいのものではない。第一報が出てからちょっとすると、このやや大きな火災にまつわる流言飛語がネットやテレビで飛び交い出した。

Kは勇気を振り絞って、「本当に遅刻しちゃいそうなので」と言い残してその場を後にした。いつもの電車に乗ることはできなかった。

ほんの少し時間をずらすだけで、これ以上もや乗客は収容できまい、というような車両にさらに人々が詰め込まれ、在来線は都心を目指す。

ホームから地下道、オフィス街へと昨日のように、明日のようにKは歩みを進める。

車道を挟んだ向かいに、一つの土台から二つのビルが平行に生えている奇怪な役所が見える。人の波は役所に近づくにつれて少なくなっていた。人通りと同じく、なぜか車も少なかった。

　厚い雲が太陽にかかり、影を落とす。雲が途切れるとまたあたたかな乳白色が広がる。風が頬を撫ぜ、ふとKにもその感覚がじんわりと拡大していくのを確かに感じた。羽織っているアウトドア用のパーカーを通して、背中といわず首筋といわずに、熱を持つ。

　Kは横断歩道を渡り、庁舎を真下から見上げる。その荘厳さに圧倒されそうになった。この建物が発する禍々しい装いは、自身が権力そのものであることを伏せていることによって、かえってそのずぶとさみたいなものを体現しているかに見える。

　Kは今一度大きな深呼吸をし、建物へと入っていった。一階のロビーの中央には受付嬢と呼ぶにはいささか年を食いすぎた、中年の手前ほどだろうか、化粧を分厚く塗りたくった表情の乏しい女が二人、水色の服を着て半円になったカウンターの向こう側にいる。「おはようございます」という挨拶も、庁内放送で流していると言われても気が付かないほどに無機質で、本当に彼女たちから発されたのだろうかと疑いたくもなった。リノリウムの床に、外観と同じく巨大な支柱が左右対称に設置されたロビーは、広い。エスカレーターがあって、二階までは吹き抜けとなっていた。警備員が中央と、それから庁舎の左右にある入口に複数名立哨している。彼らはみな尾骶骨よりやや上のあたりで手を組んで起立しているが、たまに首筋を掻いたり時計を見たりと、受付の二人よりもよっぽど生きている感じがした。

　Kはいつも通りゲートを抜け、エレベーターを待った。

「まずいよK君」

　執務室へと入って席に荷物を降ろすなり、係長が声をかけてきた。まだPCも立ち上げていない。準備を整えつつ、係長に視線を合わせることで返事に替えた。

「例のあれ、ずいぶん盛り上がっちゃってるらしいよ」

「あれって、けりですか」

「そうそうそうそう、今回の火事でなんか、それこそ本当に火がついちゃったみたいでさ」

「でもあれって漏電だったってテレビでは言ってましたけど……」

　言ってから、大家を思い出し、むかむかしてきた。

「原因なんていいよ、始業前だっていうのに甲市の企画課から色々と文書回ってきててさ」

そうこうしているうちに朝礼が始まった。

「みなさんも、えー、ご存じかとは思いますが、現在首都下で、まだ調査中ではありますが、ありますが、新型感染症と思しき事案が報告されています。妙な噂なども流れておりますが、みなさんにおかれましては、おかれましては冷静に対処していただくようお願い致します」

メールの受信箱には、すでに二十を超える未読メールがたまっていて、そのほとんどがけり関連のものだった。

係内での簡単なミーティングをすまし、仕事にとりかかろうというところで課長がやってきた。

「係長、昨日回してもらった書類、タイムリーだったねえ」

Kは耳をそばだてて聞いていた。どうもこの『タイムリー』には、善からぬ意味が込められているようだった。ありていにいえば、「よくも仕事を増やしてくれたな」という毒が含まれている。

係長はいかにも申し訳なさそうに、「すみません」と応えた。

「もうさっそく部長からメールが来ててさ、主管はうちじゃないけど、対策取らなきゃいけないみたいよ」

「はあ、」

「要綱とか、作ることになったらうちも無視できないからさ、そのときはね、頼むよ」

「ええ、」

祈るような思いで別の業務に従事し、話しかけてくれるな、という雰囲気を全身に醸し出すことに努めたが、そのかいもむなしく係長がやってくる。

「さっきの話聞いてた」

Ｋは作業の手を止め、斜め後ろに立つ係長を仰ぎ見る。

「まあ、なんとなくは」

「いくつか関係のありそうなメール転送しておいたんだけどさ、要するに前回の衛生局の報告書じゃ納得できないから具体的な策を出せっていうのが方々からの意見なんだよね」

右隣の職員は、今日も休みなのか席が空いており、係長がおもむろに腰を下ろす。

「方々って、この前きたやつの他にもなんか要望出してるところがあるんですか」

係長は小さくため息をつく。

「あるよ。結構な量だけど、逐次連絡調整することになると思うから、ね、頼むよそのときは……」

Kは眉間をつまむようにして考え込む。自身の抱える業務との兼ね合いを勘案してみる。基本的に首都下の各自治体とは定例の連絡調整会があるので、当面は議題のうちの一つにこれを加えればいいだけだろう。あとは国の出方次第だな、となんとなくの見通しを立てた。予算を組むとか臨時的な組織を立ち上げるにしても、国の方針が出ない限りは、うちとしては動きようがない。

「ただやっぱり具体的な対策を打ち出すには、そこに至るためのそれなりの根拠が必要ですよね」

Kは、これまでに見てきた模範的な役人の諸先輩方を思い起こしている。法規と根拠が我々を守る盾であり矛であるのだ。法規を守る限り、我々は法規から守られるのだ。Kは、「けり」が媒介する感染症などないと信じて疑わない。はじめに出た報告書が全てだ。であるから、誰がなんと言おうと、感染症など発生していないし、だから対策すら打ち出す必要はないと考えているのだった。

「根拠ねえ」

さすがの係長も沈黙せざるを得ない。二人の間での会話は止まったが、つばぜり合いは続いている。この業務をいかにして受け入れさせるか、または断るかという戦いだ。

「だったら、それを軸にしてさ、当面の間はそれで押し切るっていうのはどうだろう」

落としどころだった。

業務そのものは定例的なものがあるから、Ｋにしてみればこのけり関連の事案は、現時点では大した負担にはならない。国の方でも正式な対応に乗り出していないことを鑑みると、十分突破口になり得ると思われた。けりと感染症の因果関係など微塵《みじん》も存しないということを、こちらは陰に陽に示してやればいいだけの話である。ないものに対策など打ちようがないではないか。

「そうですね、それでいきましょうか」

業務をこなしていくうちに、自身の読みはそう悪くないことをＫは知った。自治体からちくちくと対策についてつつかれはしたが、負けじと関係機関や首都庁は言葉を変えて「危険性はない」という回答を繰り返す。いつものルーティンワークに「最初の報告書が全てです。うちは知りません」という言い訳を文末か行頭に付け加えるだけだ。そんな感じで生暖かい季節とうだるように暑い季節をやり過ごした。

国も首都庁も予算組みの時期となったが、それらしい新組織とか予算科目を新設する気配はない。Kは、取り敢えずは安寧の日々を送っていた。

年が明け、不定期異動で何人かの職員が入れ替わりになったが、係長とKは現所属のままだった。

初めの動きは、唐突な会議開催通知からだった。

「K君、ちょっとさ、国から調整事項きてるんだけど、軽く目通してもらえるかな」

「新型感染症対策検討会」という名目の会議で、参集範囲は国の機関はじめ、首都庁、基礎的自治体と広範にわたっている。

「衛生省が主管なんだけどさ、現行の感染症予防法の規定上、なんか各知事が主体らしくて、権限なんかも結構委譲してるでしょ、細則とかいじるとうちも無関係じゃないからさ、だから多分その運用についての検討会なんだとは思うんだけど、基礎的自治体もくるからさ、うちも知らん顔はできないじゃない、行政部長からの指示らしいからさ、通知、出しといてくれる」

疑問の形を成してはいたが、部下のKに拒否する余地はない。

係長から送られたデータに鑑文を付けて、首都庁下自治体の首長宛てで回す。業務を一通りこなしてから、今一度通知文の中身を確認してみた。

会場は、国立疾病研究所の大講堂であり、普段は医・薬学の研究会や講演会に供されているところで、収容人数は五百人ということだったから、規模としては十分だ。

決裁はスムーズで、一時間足らずのうちに部長まで回って、特に修正事項もなく決裁が下りた。Kはさっそく下調整で、その日の午後には首都庁下全自治体に電子及び紙媒体で開催通知を送付した。

「係長、これうちからは誰が参加するんですか」

一段落し、溜まりに溜まったメールを開きつつ訊く。

「まあおれとK君は行かなきゃなんないよね」

係長は苦笑していた。

「あとは行政部長と、こっちでも議事録を作成したりで総務課から何人か、あとはうちの課長かな。衛生局は主管だから局長以下、結構な大所帯でくるみたいだけど、まだ名簿なんかはきてないね」

開いたメールのいくつかには、さっそく質問が寄せられていた。

「いえね、さっき送った通知に、『うちはどんくらいのクラスの人連れていけばいいですか』って質問が結構きてて」

「ああ、なるほど」

係長は腕を組んで顎をわずかに引く。

「あんまり多く来られちゃっても、それこそ首長なんかきても困っちゃうしなあ」

「ただ国もうちも、局長クラスを出してるとなると、基礎自治体の課長くらいじゃ釣り合いがとれないですよね」

「そうなんだよね」

「取り敢えず、後日まとめて回答ってことで、うちで揉んでみますか。国にも訊いてみないとちょっと見えてこないですもんね」

「そうね、そうしようか」

衛生省のカウンターパートは、うんざりした様子で適当にそっちで決めてよい、という回答を寄越した。この件に関する国の姿勢をうかがい知るには十分な答えであったといってもよかった。

課長、部長との打ち合わせの結果、これについては政策経営部門の各部・課長一名の計二名を必須とし、担当者等の職員の数は任意で、各自治体五名を上限とすることで決まった。

首都庁では、会議参加のための会議の場が幾度か持たれ、Kもこれに何度か参加した。大会議室、矩形に配された長机にはそれなりの階級の職員がずらりと居並ぶ。壁際にもイスが並べられていて、担当者が真剣な面持ちでノートに何かを書き留めたり、時には黒子のように上役の背後で中腰のまま耳打ちをしたりしていた。

部・課長級の職員やその先兵たる担当者は、いかにも行政的な問答を、しかし見る者がみれば激しい舌戦を繰り広げていた。

「通知宛先の順序だが、文書事務規則における附則部分の序列と若干の相違がみられるが、これには何か、例えば本庁から先方に向かうにあたっての順序と何かしら対応しているであるとか、理由があってのことでしょうか」

通知を発出した所管いわく、「基本的には従前の文書に倣って行ったものと思料されますが、その点については担当に確認致します」、とのことだった。

要するに、自分の上司が本来あるべき位置に名前がなかったのでそれを問いただし、担当者はただ前年度か、似たような案件の通知文を複写しただけだったのだが、あけっぴろげにそう応えるのもばつが悪いので、滔々《とうとう》と不要な文言をその前後に付けているに過ぎない。

他にも関係機関との茶話会もとい、意見交換会の予定であるとかトイレ休憩、上役の動線についての確認だとかが議題に上がった。

大体が会議参加のための会議なのだから、ばかばかしいと言えばこれほどばかばかしいことはない。

ただし、ばかばかしい、と思ったのはしばらく経ってからで、その場にいるときは存外真面目に業務に従事している自分を見つけてしまい、Kは少なからぬ自己嫌悪に陥った。

本番の会議は翌週に迫っていた。

局長・部長クラスの人々には、「黒塗り」と呼ばれるセダンが送迎用に用意されている。車種のグレードごとに同じ黒でも、若干仕様が異なっている。

その他の職員はマイクロバスに分乗して、現地へ向かうこととなった。

講堂は大学を思わせる造りで、客席はステージから扇状に末広がりとなって、奥へ行けば行くほどに高さが付けられている。座席にはひじ掛けがついており、伸縮式の簡易なテーブルもあった。席上にはヘッドセットとクリップ留めをしてある資料が置かれていた。

首都庁の一団は会議開始の三十分ほど前に到着したが、すでに場内にはそれなりの数の役人がいたため、別々に座ることとなった。会議のための会議の五割くらいが水泡に帰した瞬間だった。

壇上には長机が四つ、八の字を重ね合わせるような形で二列、向かい合って置かれている。ステージ左端が発表者のための演壇で、スタンドマイクが用意されている。

Kと係長は前列の席に陣取った。

演壇の一番奥は巨大なスクリーンになっており、今は大きく国立疾病研究所と映写されているだけだ。

開始時刻が近づくにつれてざわめきが次第に大きくなる。壇上にスーツ姿の男女が続々と現れ、年齢層からそれなりの役職についているであろうことがうかがえる。

映画の上映を告げるがごときブザーを合図に、いよいよ会議が始まった。

進行役が壇上中央に進み出てきて、自己紹介と事案の経緯について簡単な説明を始める。衛生省内における新型感染症等対策準備室なる部署の担当者であるらしく、階級は課長補佐で、タナカという四十がらみの大男だった。一転、眼鏡に面長の顔はどこか研究職的な印象をKに与えた。

一通り、議事次第であるとか今会議の目的などを述べるとステージ脇に退いてパワーポイントでの説明を始めた。

タナカから準備室長へ、国立疾病研究所主任研究官、首都庁衛生局長とかわるがわるの講義が続いた。

小難しい専門用語、関連法規の解釈といった説明がほとんどで、つまるところ「うちはなんもやらないよ」ってことを手を替え品を替えて述べるだけの退屈な会議だった。

「お手元の資料にあります『三』の項目までを終えまして、続いて今後の対応についての検討に移らせていただきたいと思いますが、ここまででご質問はありませんでしょうか」

タナカがまたしても中央に進み出て、会場全体を見渡す。

しばらくの間沈黙が訪れた。徐々に囁き声が広まり、それからざわめきへと移り変わっていく。

タナカはステージ袖に向かって指をさしてから、耳元を何度か叩くしぐさをした。Ｋのいる位置からは見えなかったが、音響スタッフと思しき裏方の職員がいるものと思われた。

「みなさまの座席にありますヘッドセットが今入りましたので、ご質問のある方はご起立の上、所属等を述べてください」

Ｋはおもむろに、壇上から後方へと視線を移す。みな両隣や前後と何かを耳打ちし合っている。司会の誘いに乗ってヘッドセットをつけている者の数はそう多くはない。また、装着していても、リップマイクを握りしめて声を拾われまいと努めているようである。

さすがにこれほどの人数の前で発言をするのははばかられるのであろう、とKが思った矢先、スピーカーから声が届く。

「今回の説明では不十分です」

男の声が上がる。言ってから、彼自身がスピーカーの音量に驚いたのか、咳払いをする。

「甲市総務部長のタカハシです」

Kと同じく会場最前列に、件《くだん》の男を認める。他の職員のうち、相当数が同じようにこの勇敢な男を視線に捉えていた。

「従前から報道等がなされているように、わたくしどもにおいてはやはり危険性がある、と思っておるわけです。国の方々がこれまで説明してこられました『因果関係が証明できない』というものだけでは、我々はともかくとして、やはり住民なんかは納得しないものと思うんですよ。現に健康被害を訴えている住民もおるわけで、国の機関なんかは直接これらに対応する機会はそうないでしょうがね、ここにいる全ての基礎自治体はね、そういう人たちを相手に仕事をしておるんです」

男は言いながら振り返って同意を求めた。会場から唸るような、それでいて彼を応援しているようなどよめきが広がる。

「極端な話、因果関係の証明であるとか小難しい学術用語であるとかはこの際問題の解決にはなりはせんのですよ。対策をとれという声がある、だけど国が方針を立てないじゃいつまで経っても解決には至らんのですよ。今後のお考えをぜひこの場でお教えいただければ幸いです」

タカハシは言い終えるとそそくさと着座し、居並ぶ背広姿の中に溶け込んで消えた。演壇の面々は困り果ててお互いの顔を見合わせた。その中には我らが首都庁の衛生局長も含まれている。

会議には流れがある。仮に質疑の場が設けられていたとしても、互いが持ち合わせた材料を追認するにすぎず、そういう道から外れることは滅多にない。質疑の内容まで含めて、大体担当者間においてすり合わせをしているからだ。

タカハシなる基礎自治体の役職者がこれに風穴を開けた。ここに参集した役人たちは、大なり小なりそうした問題に対応させられていたのだ。真実はともかく、実際に今事案で不安を感じている人々が大勢おり、なんらかの対策を打てと舌鋒鋭く口撃にさらされている連中がここには集まっている。それを「特に問題はありませんでした」と持ち帰ったところで吊し上げにあうだけである。一転、Kらとしてはこの国と地方のせめぎ合いの中間にいる。なければないに越したことはないが、なんらかの対策なり方針を打ち出すのであれば、より具体的にそういったものを示してもらわねば困る。であれば、重要なのは理念ではなく実務だ、と思っているのだった。

困惑するお偉方の中にあり、この道の専門家たる研究所の者だけは毅然としていた。

「主任研究官のスズキと申します」

司会と目があったからか、なんの前触れもなくスズキと名乗るパンツスーツ姿の女が立ち上がる。

「まず結論から申し上げますが、今回の皀と、一連の報告がなされております臨床症状にはなんら因果関係が、現時点では認められておりません。また回収された検体につきましても、そもそもウイルスないしは細菌等については検知されていないのが現状です」

Kも含め、首都庁と国の方では、これは共通した見解だ。むしろここに居並ぶ人々はおしなべてこれについては理解をしているのかもしれないが、彼らは病気を相手にしているのではない。もっと別の、目に見えない何かと対峙しているのだ。だから散々聞かされた「証明できない」は、質問に対する答えにはなっていない。

隣に座る係長に一瞥をくれてやると、明らかに退屈そうに、手元の資料をめくっており、その速度から読み込んでなどいないことは明らかだった。

女性研究官は、先に声の上がったあたりを見つめている。

「細部につきましては配付している資料にも記載のあるとおりとなります」

彼女は壇上右側、二列目の席の末席にいた。専門職であるから、そう階級は高くはないと思われたが、彼女の立ち居振る舞いは壇上にいる誰よりも頼もしかった。事実、つい先ほどまで困り果てていた管理職たちは、うんうんと首肯し、弱々しい援護射撃を加えている。

場内から一斉に紙を繰る音が聞こえてきた。Ｋも周囲に倣って、左上をダブルクリップで留められた分厚い資料を覗き込む。関係各所から集められた報告書やデータ、記事のスクラップなどを時系列ごとにまとめ、それらについて衛生省の主管課が作成した文書が頭につく。

本当に今回の事案に関係があるのかどうか定かではないものも資料には含まれており、

例えば『抗原受容体のはたらき』と題され、免疫機能概論と小さくヘッダーに振られた四枚両面刷りのレジュメなどがそれだった。なんとはなしに目を通すと、抗原を、抗原受容体なる「目」でこれを認識して異物を排除する、という仕組みについて専門用語を交えつつ解説されている。新種のウイルスや擬態をするウイルスなどはこの受容体をすり抜けるように姿形を変えるらしい。他分野の話は時に興味をそそるが、切迫した環境に置かれるとその勢いに拍車がかかる。試験勉強をするはずが、いつの間にか部屋の片づけに熱心に取り組んでしまうのと似ている。

　だからKは、慌てて頁を繰って、議事進行と資料とを合致させようとする試みを再開した。みながどのあたりを見ているのか皆目見当もつかなかったために、ちらちらと左右を覗き見るようにして確かめたが、どうもこの問題に直面しているのは自分だけでないということがわかった。みなもっともらしい表情を作ってはいたが、誰しもがページをめくっているだけで理解しようとはしていなかった。いや、そもそも理解できないのだ。

　大小いかなる問題も、湖に沈めることで「解決」と言ってきた組織だ、数値とか分子配列とかは全く分からないのだ。この組織において規定される優秀な職員とは、ある理論、学説に通暁しているとか、仮説を立てて特定の問題に対して科学的な手法で解決の糸口を探る能力に優れているということではなく、自身の所属する組織と、相対する複数の組織とのパワーバランスを的確に把握し、波風を立てず、また前例から外れることなく、それでいて自己の組織が持つ権能を拡張させることができる職員のことだ。言うまでもなく、ここに至るためには、まず自身の上司がそのさらに上にある上司からどう評価されているかを十分に弁《わきま》えていることが大前提だ。このあたりを至当に比較衡量し、部又は課としてどう振る舞うべきか、はたまた振る舞うべきでないかを即座に決断し、その決断を共有の名のもとに責任ともども分散させる能力が、行政官に求められるものだ。

　ある程度の階級を備えていることは、そのまま優秀な行政官であると見てほとんど間違いない。

　そして、タカハシも例に漏れず優秀な職員なのだろう、客観的な事実や報告書というもので納得する男ではなかった。すっくと立ちあがるなり応酬した。

「いつだってそうじゃないですか。調査中だとか確認中だとか、そうでなければただちに重大な影響を及ぼすおそれはないと思われるなんてあいまいなことを言って、結局後手後手になるんだ。直接住民を抱えてるのは我々自治体だということをしっかり理解してほしいもんですよ」

一瞬の間を逃さず、担当者が「ご意見ありがとうございます。今会議ではしっかりと今後の対応方針について策定をしていきたいと考えておりますので」と話を区切る。

会議は紛糾し、経緯や専門家からの報告で一時間をかけ、休会を挟んで対応策の検討の段階へと移ったころには、みな若干疲れの色が見え始めていた。

もはや進行などはあってないようなものだった。

「やっぱりさ、問題の、なんだっけ、あの、鳥、なんだったかな」

衛生省の、でっぷりとした高官が言葉に詰まっていると、隣に座る年若い職員が何かを耳打ちし、その後すぐに「そう、梟、梟の駆除をしていくっていうのが落としどころなんじゃないのかな」と後ろを仰ぎ見るようにして言う。

彼の後ろには研究所長以下、専門家が居並ぶ。

場内から目立った反発も上がらないことからも、なかなか悪くない対応策であると思われた。

「それはできかねます」

スピーカーから、聞き覚えのあるきっぱりとした声が響く。

場内の視線が一斉に発言者に注がれた。あの研究官だった。

初めの応援とは裏腹に、誰かがあからさまな舌打ちをし、運悪くマイクに拾われてしまう。

専門職は、大半の事務屋のように目的に到達するまでに外堀を埋めて、誰しもが反論をしようがないという雰囲気をつくることをほとんど知らない。彼らは、頭の中にすでに答えを持っている。それを確かめるための研究をし、そうでなかったときは、また別の結論に切り替える。本来はそれが正しいのかもしれないが、今回のようなデリケートな事案についてはそのやり方は適切ではない。少なくとも今この瞬間に限って言えば、最悪の発言だった。研究官はそんな悪意にもめげず、さもなければそもそもそれが自分に向けられたことすらわかっていないのだろう、明らかに淡々とした調子でいる。

「梟そのものを駆除等の対象にされますと、現状わたくしどもで行っている報告書と齟齬《そご》が生じてしまいます。感染症は存在しません。梟を駆除することは、こちらとしては承服しかねます」

会議は振出しに戻った。

「いつまで続くんだろうな」、と次第に私語がぽつりぽつりと顔をのぞかせる。

「どうでしょう、それでは止まり木であるとか、梟が立ち寄らないような方向で対策を講じるというのは」

たまりかねた担当者の、精いっぱいの意見であったが、みな出口を求めていた。ゴールポストがまたしても移動されないかどうか、恐る恐る研究所の面々を眺めると、別段反駁もなさそうだった。

「例えば、うちの所管ではありませんが、環境美化であるとか住環境というものに対してフォーカスして、キャンペーンを張るわけです。予算措置がどれほど出来るかは今すぐに申し上げることはできかねますが、例えば、例えばですよ、これは全く私一個人の見解ですけれども、鳧に限らず鳥類一般を除けるネットを個別に無料配布するとか、畜産農家には電気柵を設けてこれに補助金を出すとか、そういうものです」

三十秒ほど沈黙が降ってわいた。専門職の面々はいかにもくだらない、といった感情を隠し切れずに頭を左右に振る。これ以外の主催者や参加者は、存外悪くないという反応を見せており、ようやく希望の光が見えてきた。

鳧に端を発する新型感染症予防対策は、都市のみどりを守るガイドラインの策定という、珍妙な出口を抜けることで終わった。Kら一行が会場をあとにしたのは、十七時を回ってからだった。

十三階の東側は、給湯室や機械室、文書倉庫といったものと並んでトイレがあり、Kはいまそこにいた。

用を足し、洗面台に両手をつく。ボウルの傾斜に沿って、水滴が加速度的に排水口へと流れ込む。ひどく疲れていた。

唐突に、思い出したようにはたと顔を上げると、係長が鏡に映り込んでいる。訝しむようにしてこちらを見ていた。

「具合、悪いの」

Kは水道でさっと手を湿らせて顔を拭う。

「あ、いえ、ちょっと」

「会議、長かったね。あんまり根詰めない方がいいよ」

それから係長は照れたように笑って、「でっかいほうだから」、と個室に入っていった。

明日以降の業務の準備でもしようかとも思ったが、長時間の会議で疲れ果てていたので、結局は簡単に書類の整理をするにとどめて帰路についた。

「そっちは大丈夫なの」

携帯電話に実家からの着信があったのに気が付く。玄関でのことだった。

かけ直してすぐ、母はこちらが用件を尋ねる前にもうしゃべりだしている。靴を脱ぎ、肩と頬で以て端末を支える。

「なにが」

「なんか変な病気、はやってるんでしょ」

「あれは全部噂だよ。なにも証明できてないんだって」

向こうでも何か作業をしているのだろうか、くぐもった、あるいは何かがこすれるような音が聞こえてくる。

「ホントかねえ。まあそれならいいんだけどさ」

お互い適当な近況報告をし、「たまには顔くらいみせなさいよ」の捨て台詞でもって通話は終わった。血縁者との久々の会話がためか、ひょっとして自分のこの一貫性のなさ、あまのじゃくみたいなものは家庭環境に原因があるのかもしれない、とＫは思った。

父は争いに巻き込まれて死んだ。いや別に死んではいないが、父も地方公務員で、若手議員、管理職の口車に乗せられて新規事業を打ちだし、失敗して干された。

砂場の砂を全部掻き出して、また埋め戻すみたいな仕事に今も従事させられているはずだ。

新規事業の目的自体は極めて明確で、確かに組織利益にも公益にも適うものだった。今やその技術を用いていない官公庁のほうが少ないくらいだ。ただ早すぎたのと失敗したこと、なによりも多数の合意が得られていないことがよくなかった。

自分でも今まで気が付かなかったが、存外あのときの、集団の合意はいかなる理念にも先行するというイメージが、かなり深いところに根を張っているのかもしれない。

これでいいのだろうか、と疑問を持たないと言ったら嘘になる。しかし父もそうだったし、自分も一つ目の部署で流れに逆らうことはできない、という事実をまざまざと見せつけられている。あのくだらない会議に出席していた人々も、きっとそういう側面を知っているからこそ、問題も災難も批難も、全部土に埋めるに限る、という結論に達したのだろう。なによりも現行のシステムそのものが問題と向き合うことを推奨していないのだ。

Kは思い出と思索の真ん中くらいにあるものに身を浸し、少しげんなりした。

翌朝、環境として流れるテレビの音だけを聞きながら身支度をしている。皃に関する話題は、いつしか新型感染症との名称ですっかり定着してしまっていることに、今さらながら気が付いた。

環境美化や、これに限らず感染症そのものの予防には手洗いとうがい、マスクの着用が何よりも重要であるということを、真面目くさった声音で若い女性アナウンサーが述べていた。このガイドラインについて、自営業で趣味が家庭菜園の中年女性がインタビューを受けていた。ほほえましい限りだった。

「Ｋさん、隣町で、ほら、なんだったけね、あの病気、鳥の、あれよあれ、なんだか広がってるらしいから、気を付けてね。マスクとかちゃんとしないとだめよ」

大家はしっかりとマスクで口を覆っている。この婆さんの、こういうところが本当に嫌いだ。

「大家さん、あれは全然ただの噂ですよ。直接の関係はないんです」

Ｋはいつになくムキになって食い下がった。こういう無邪気さが父のような人間を殺し、仕組みを増長させるのだ、と途端に思えたのだ。

老婆は曲がった腰を元に戻して、あからさまに驚きの表情を作ってはかぶりを振った。

「そんなことないわよ。Ｋさんのほうこそ噂にながされてますよ、やだよ、若い人はいつだってそうなんだから。純粋っていいわね。あなた人が好すぎるんじゃないの？　疑ってかかるくらいじゃなきゃだめよ」

「いえ、私も別に専門家というわけじゃないですが、そういった話がそれなりに入って来るんですが、やっぱりどうも無関係じゃないかっていうのが、大筋の見解なんですよ」

気を悪くしたのか、大家は言葉を返すことなく、ぷいと向きを変えるとまたも掃き掃除を始めた。

彼女がなしたその一瞬の所作は、そのまま世界中に張り巡らされた電子上でのやり取りであり、世間の態度そのもののように見えた。

車窓から見える街をぼんやりと見つつ、らしくなかったな、とKは少し後悔した。自分は、自身の出自がそうさせたのか、はたまた最初の部署でそうなったのか、あるいはその両方かは定かではないが、元来その「所作」については秀でていると自認していたのだが。

会議からすぐに議事録が、翌月にはガイドラインの素案が電子上で送付されてきた。

「今日は人生で一番やる気ない日なの？」

デスクから顔を上げると、職員証を首から提げているヨシダの顔があった。

「あれ、どうしたの」

「いや、プレスリリース前に情報収集しておこうと思ってね」

上司の指示だろうか、と勘繰る。

「うちに？」

「そうだよ」

ヨシダは笑った。

「なんか、結構盛り上がってるみたいじゃない、あの鳥の件」

Kはそれまでキーボードに置いていた手をだらりと下げ、背もたれに身体を押し付けるようにして伸びをする。係内の職員はみな、二人の存在を黙殺するようにして仕事に取り組んでいた。

「情報って、そのこと？」

「まあね」

Kは改めて姿勢を直していくつかのファイルを呼び出して画面に広げてみせた。

「大したものは無いよ。この前の会議だってずいぶん荒れたからね」

あれから衛生省は環境省と共同してワーキングチームを発足させ、ガイドラインの足掛かりを作っていた。概《おおむ》ね前回の会議で合意に至った環境美化を軸にして問題の鎮静化を図るという作戦だ。

「まずいなあ」

ヨシダは眉間に皺を寄せて、口角のあたりをさする。明らかに彼が求めていた回答ではないことが見て取れる。

察するに、プレスからの質問の内容は「今後の対応策」に関するものではなく、「感染症の事実」に関するものだったのだろう。国も首都庁も、これにはあくまで最後まで触れていない。厳密にいえば、感染症の存在を決して認めない番人が立ちはだかっているから、これには指一本触れることができなかったのだ。

もっとも、Ｋもヨシダも、そのゆるぎない事実はとっくに承知している。本当はプレスも騒ぎ立てている連中も分かっているのかもしれない。

Ｋが立てた仮説は正しかった。

調整部は事態について、全くといっていいほどに把握していなかった。プレスから首都庁に投げかけられた質問は、大抵の場合所管が持っている情報でこと足りる。であるからヨシダのいる調整部は適当な主管課から進行中の業務について、差しさわりのない範囲で回答をしてやって、相手に満足して帰ってもらう、というのが流れとなるわけであり、今回についても彼の上司は事態の事実よりも流れでこれを捉えていたため、Ｋのいる行政部でなら適当な情報を持っているだろうと踏んでヨシダをここに差し向けたのだった。

「確認中で押し切れないの？」

「いやあ、課長はいいかもしれないけど、プレスがなんていうかだねえ」

二人はそれから、仕事半分雑談半分で五分ほど時間をつぶし、「まあいいや、資料送っといて」の言葉を最後に別れた。

病気に関する事実の有無は、いつの間にか言った言わないの水掛け論になり、危険だから対策が必要だということが声高に叫ばれる、ではなくて声が大きいから危ないんじゃないか、という倒錯した状況に変わりつつあった。

Ｋも初心《うぶ》ではないから、その裏に見え隠れする、実際は全然隠れられてはいないが、各部局の予算取りや関係団体の権力闘争、ついでに何かちょっとしたおこぼれをもらえるんではないかという人々の思惑をこれに見出してうんざりした。

こういう状況だったので、報道をすればまた騒ぎが大きくなり、騒ぎが大きくなるとまた報道されるという悪循環に陥っていた。

そういう中にあったからか、Ｋ自身、ついに事実に対して不感症を引き起こしていることを発見したところで、別段驚かなかったくらいだ。

日増しに報道は過熱していったが、その熱に対する反応は鈍かった。少なくともＫには鈍く感ぜられた。

首都庁も国の見解に倣って「事実は確認できていない」とするにとどめていた。摩訶不思議なことだが、事実を明らかにすればするほどに、どうも批判が高まっているような気がしていたが、業務それ自体にさしたる影響はなかったので、Kも含め大半の職員にとってのけり問題は、明日の天気と同等の扱いでしかなかった。各自治体との定例会でも、大きな議題としては取り扱われなくなっていた。

だから次にヨシダがKのもとを訪れた時、けり問題のことなど微塵も頭には置かれていなかった。

「どうしたの、調整部ヒマなの？」

Kが茶化しながら訊くと、この男に似合わず、どうも手ごたえがない。返事もすぐに返ってこないところを見るにつけ、それなりに深刻な事情を抱えていそうだ。

「なに、うちでおっきな問題なんて特に起こしてないけど、どうかしたの」

こちらから改めて水を向けたことでようやく会話が始まる。

「いや、先月さ、鳧の新しい報道で、なんかよくわからないけど、重篤化したって報道あったじゃない」

あっただろうか。Kは思案した。あったかもしれない。ただ数があまりにも多かったからどれも記憶に残るほど重要なものとは思えず、忘れてしまった。

「その件でさ、甲市の市長がリコールで引きずり降ろされて、次は首都庁だなんて結構な騒ぎになってるんだけど、その件で、ね」

「そう言われてもなあ、前も言った通り、うちが持ってるのってこの前のが全部だし、衛生局に訊いた方がいいんじゃないの。まあ、あっちも『ない』の一点張りではあるだろうけど」

ヨシダの話はこうだ。

甲市で新たに首長に据えられたのは、医師連盟甲市支部であるとか医学系の組織、とにかく医療系にめっぽう顔の利く衛生省出身の元官僚らしく、こういった利益団体に、一体どんな見返りを用意したのかは定かではないが、皀と感染症、それから最悪死に至る臨床症状までを医師連盟の名で公表させたのだった。不安を煽りたてられた前市長の後援会組織は相次ぐ造反で実質崩壊状態に至って件の男はトップ当選を果たした。

大なり小なりこういったことは起きるから、こういう顛末は別段特筆すべきことではない。結局のところ財政状況が苦しい自治体というのは数多存在するわけで、彼らの主眼は常に直近行政庁に、いかに権限と言う名の業務を返納し、しかし一方で資金を引き出すか、ということに向けられている。だからこれもその一類型にすぎない。

ただ少し厄介なのは、正式に「こういう病気があります、こういう症例があります」と言われると、国をはじめ、関係機関の立つ瀬がない。症例なんて大分ぼやかしていて、それこそ高架下で紫色のエスニックな面覆いを被って水晶玉をさするインチキ占い師よろしく、読み取りようによっては誰にでも当てはまるようなことが書いてあるだけだ。

「それいつのことよ」

「いや先週だよ。ほんとにこっちになんも情報ないの?」

「なんもきてないし、踊らされてるだけじゃない」

ヨシダは肩を落として帰っていった。

それからというもの、日に日に調査、事務連絡、業務通知、通達、参考送付等々といったメールや電話、対面での打ち合わせが立て続けに、それこそ火が付いたみたいに噴出した。ことKの属する地域連携係はまさしく最前線だった。

Kは恒常業務の処理にかまけて、庁内、それから首都圏全体に及ぶ不穏と言うにはあまりにも平坦な、しかし日常と呼ぶにはいささか落ち着きのない世情から遠ざかっていたから、なんだかしばらく会わなかった親戚の子供がずいぶんと大きくなったような感じがした。

恐慌的な集団ヒステリーと言ってよかったかもしれないが、庁内に限っていえば、あくまで実務において、であった。庁内での不穏な空気とは、とどのつまりがあらぬ方向に業務が進んでしまうのではなかろうか、という危惧のことである。自身に火の粉が降りかからぬように、職員の誰しもがいつにもまして細かく、それこそ小姑のような執拗さで以て仕事にとりかかっていたから異様に殺気立っていたのだった。

これに輪をかけて、新型感染症の重篤化であるとかヒトヒト感染の確認だとかが報道されると、例によって行政の不作為を糾弾する声が高まり、いよいよ国も首都庁も無視できず、再調査に乗り出すという公表をするに至った。ただその報告書は、先にヨシダが言っていたように、ちんけな権力闘争の末に一地方のトンデモ医師があることないことを書き立てたファンタジーなのだ。

「来週、病気の件でまた会議あるからさ、Ｋ君また同席たのむよ」

係長がいつものごとく声をかけてきた。

「国ですか」

「いや、甲市って、ほら、前の検討会で騒いでた人いたでしょ、あそこよ。なんか国に先駆けて対策打つらしくて」

「あぁ」

ほとんどため息みたいな返事をする。

国も首都庁もその下にある基礎的自治体も、基本的な姿勢としては皃由来の新型感染症に関しては、因果関係がない、ということで一定のコンセンサスは得られている。だから対策らしい対策といえば、基本的には以前の会議で出た鳥害防止ネットの配布及び環境美化ガイドラインくらいで、一部の市区町村からは不十分だという声が上がっていた。

「なんかさ、感染症予防法を基にして、自分たちで条例作っちゃったらしいよ。来年度から施行するからその説明会だって」

「えっ」

この事案が大きくなりつつあったとき、関係所掌の職員は大体関連法規に当たっていた。既存の感染症であればともかく、未確認のものはまず衛生大臣による指定と時限的な政令の布告が要件となっている。また、これに至るには当然のことながら事実が確認されなければならないわけだが、皃の件についてはそのどれにも当てはまらない。ニューロンだとか神経に及ぼす障害が不可逆的とかいう専門的な言い回しは、当然Kにとって親和性はないが、法文であれば別だ。それが生物学的分野であろうと航空工学的分野であろうと、おしなべて決まりきった型にはまっている限りにおいて理解の射程に入って来るのだ。

　条例にせよ規則にせよ、まずその根拠となる法があり、法に倣って下位のものが形作られる。だから仮に自治体が条例を作るにしても、梟の問題については確認や調査の段階で躓《つまず》くのは火を見るより明らかだったのだ。うまくいくはずがない。だからこその狼狽だった。

「ほら、あれよ、この好機を逃すなとばかりに、いろんな団体とか個人がこの問題ひっかきまわしてるからさ、こっちからすれば眉唾の報告書とか論文を基礎に据えて、うまいことやったみたいよ」

「うちに変な仕事回ったりとかないですかね」

「どうだかな。直接はないんじゃないかね。衛生局の連中はずいぶん慌ててたみたいだけど。まあでも例によって記録だなんだとかやらなきゃいけないし、先方は前回の会議に準じて、今度はうちらをオブザーバーとして指定してきたらしいからさ」

基礎自治体に先陣を切られたことで、首都庁も国も、これを機に作業部会を設立して、方々専門的知見を有するものたちに意見の聴取をしていたが、結論ははじめのものと変わらなかった。

もともとの意見をより強固に固めれば固めるほどに、住民からの反発も大きくなった。首都議会でも、その支持基盤から上がる声が段々と大きくなっていることを無視できず、最大会派が連名での議連を立ち上げると、ついに決壊が起きた。仕事が各所で大量に生じることとなってしまったのだ。誰しもが無関係でいることはできなくなった。

「もう車準備してるし、Ｋ君の荷物も積んでおいたから」

この件が取沙汰されるようになってから、まだ一年と少ししか経っていなかったのに、もうここまできたか、とＫは隔世の感でもって事態を鳥瞰していた。その一方で、会議当日にあってもぎりぎりまでＫは自身の業務を行っていたから、係長に声をかけられるまでそのこと自体をすっかり失念していた。

慌てて資料を手に取って先を行く係長の背中を追った。

エレベーターで一階まで降りると、次いで地下駐車場へとつながる、別のエレベーターへと乗り換える。

駐車場には、セダンの庁有車がすでにアイドル待機をしていた。運転席には同じ係の女がいる。

係長は助手席に、Ｋは後部座席に身を落ち着けた。

全員が乗り込むのを確認すると、ドライバーは「車出しまあす」と間の抜けた声を発するとともに、場内を簡単に見渡す。注意や所在地を示す標記が、ありとある支柱に張り出されている。光源は心もとなく、そんな薄暗い中を、車はゆっくりと進んだ。

地上へ続くスロープの手前には、遮断式バーゲートがある。その横に、電話ボックスを思わせる警備員の詰め所があって、中では中年の男が雑誌を読んでいた。近くにきてもなお、こちらには気が付いていないようだった。しばらくしてからはっと顔を上げてあわててこちらに寄ってきたが、すぐに車にプリントされている、この行政組織の象徴たる緑色の銀杏マークを認めるや否や、バーを上げる。

あの警備員を笑うことはできないな、とＫは思う。

個々人の見てくれや本来の目的、理念などはとうの昔にどこかへうっちゃっている。大切なのは仕組みに適合しているか否かだ。いかなる所管から発出された指示であるか、文書分類記号に誤りはないか、日付は有効か、そういったことをクリアしたればこそ、中身は意味を持つ。事実かどうかは重要ではない。こういうハードルをクリアしていれば、中身がどれほどふざけていても組織は、仕組みはこれを許容する。あの警備員が乗っている人物ではなく、車のマークを見て判断したのと同じ仕組みで以て。

「資料読んだ？」

地上に出てから、振り返りざま係長が問う。どうもこの男にしては珍しく、若干いらだっているみたいだ。理由はいくらでも思い浮かぶ。皃のせいで余裕がなくなっていることは想像に難くない。

「大体は目を通しました」

道の流れは悪く、目の前にコンテナを積んだトラックが、あたかも巨大な壁のように立ちふさがっている。テールランプが消えることはなかなかなく、消えたと思っても、数メートル前にずれるだけで、走っているという感覚はまるでなかった。

ダッシュボード上部に取り付けられているナビの到着予定時刻が、みるみるうちに延びていく。自分たちの焦燥と多忙感など知る由もなく、街は日常を営む。郵便配達の原付が車列をすり抜けて前へと進む。保育士の先導のもと、未就学児が散歩をしている。なんてことはない、いつもの平日だった。

「でもなんで我々に列席を求めたんですかね」

誰に訊くわけでもなく、独り言のような声音でKが漏らす。

「さあなあ、どっかの議員さんが自分の席を確保するためか、血気盛んな自治体職員が国とかおれたちにプレッシャーをかけるためか、はたまた単なるポーズか、それとも全部か。まあいいよ、今日は向こうのやりとり聞いてるだけでいいんだからさ」

いかにも投げやりな返答だ。

「こっちに、住民から質問が飛んでくるとかはないですかね」

「前回の電話調整で、釘は刺しておいたよ。現段階でこっちから具体的な策はまだいえませんって」

あ、と係長はカバンを唐突にあさりだした。

「これおれのほうでまとめた資料だからさ、ごめんね渡すの忘れてたよ」

Kは手に取り、簡単に目を通す。

「本当は向こうで読み合わせでもしようかと思ったんだけど、この渋滞じゃ多分ぎりぎりになりそうだからさ」

係長の作った書類は両面刷りの二枚組で、首都庁で現在実施ないしは検討中の皃関連の施策についてまとめたものだった。

「もし質問飛んで来たらこれから答えるようにするから。無いとは思うけど、もしK君のほうで誰かになんか訊かれたらこのリストから答えといて。あんまりあることないこと言うとしっちゃかめっちゃかになっちゃうかもしれないから」

「これにない質問が来たらどうしますか」

エンジンの振動が心地よく、眠気を誘う。このまま何もしゃべらなければうっかり寝てしまいそうだったから、Kはとりとめのない会話を続けようと思った。

「そうだなあ、持ち帰りますとか検討しますとか、そんな感じで答えておけばいいんじゃないかな。でもさっきも言ったように基本的にうちらはオブザーバーだからさ、先方にもくれぐれもこっちに話題を振るような真似はしてくれるなって言ってあるから」

とはいえ、前回の会議では決まりきった流れを、正しく甲市の職員がぶち壊してくれたので一抹の不安が残った。

高速に入ってから、車の流れは比較的スムーズになったものの、現地についたのは当初の予定の三十分遅れだった。

市役所は、市民ホールだか公会堂だかと併設されてあった。

三人は隣接された駐車場に車を止めると、会場裏手から控室に案内された。控室のドアには『控室』と手書きされたＡ４用紙が張り出されている。本来は楽屋にでも供している部屋なのだろう、部屋の片面には鏡と化粧台が連なっている。その手前にソファとテーブルが設置してあって、すでに二人の男が向かい合って座っている。片一方は自分と同年代か、そう大きく年齢は離れていないだろうと思われた。いま一人は年長者で、見覚えがある。

「衛生省のタナカです。課長補佐です」

入るなり、年長者の方が慇懃《いんぎん》に挨拶を投げかけてくるとともに、立ち上がって胸ポケットから滑らかに名刺を差し出す。司会進行をしていたあの男か、と腑に落ちる。係長も慌てて自己紹介と名刺交換を行っていて、Ｋともう一人の職員はと言えば、呆けて眺めているだけだった。

「こっちはこの件で主務をしてるサトウです。今日はよろしくお願いします」

首都庁の職員も各々居場所を見つけて腰を落ち着けると、年若い市の女性職員がやってきて、「定刻通り、三十分後に入場お願いします」と頭だけをひょっこりのぞかせて全体に声をかける。

ところで、と係長が国の役人に向かって、その実どちらともでなく話を切り出す。二人はそれまで書面に目を落としていたが、同時に顔を上げた。

「今回の件、国の方ではどういう方向性でいくんですか」

タナカは「うーん」とわざとらしい唸り声を出し、しばらくしてから「どうですかねえ、うちとしても今回の件は確かに最優先事項として対処してはいるんですけどね、前回の会議でもありましたように梟の検体をバラしてもそれらしいものは見つからないし、感染症研究所管のほうでもやっぱり臨床症状と梟の因果関係っていうのが突き止められてないんですよね。だから正直手の打ちようがないんですよ」と、どこか他人事のように答えた。

「だけどこんだけ盛り上がっちゃってるからねえ」

係長がひとりごちる。のんきなもので、こちらも他人事だった。

時間になり、五人はいかにもけだるそうにステージへと上がっていく。長机の配置は既視感があり、前回の会議を、そっくりそのままミニマルに切り取っている。ステージ右手が衛生省、左が首都庁となっていた。中央には市の職員三名が座っている。会議を紛糾させたあの職員は、住民の面前ということもあってか、しおらしくしていた。

会場にはそれなりの住民が集まっており、空席はぱっと見たところなさそうだ。演壇に上がる行政職員の背後には巨大なスクリーンがあり、市で作成したスライドが投影されている。会場は、説明が始まってもなお私語が続いていた。

市の担当者が一時間弱で、この新制度について淡々と述べていく。確かに条例の中身は概ね国の制度に準じているものになっていたが、諮問機関の部分はばっさりと切り取られている。また、感染者ないしは保菌者と思われるものに対する認定は業務を委託している医師連盟にゆだねられているということであるらしい。

これも先の条例の制定に至るいきさつを鑑みれば分かるように、この二つは互いに互いの息がかかっている組織なのだから、国や首都のほうでネックになっている認定の問題に頭を悩ませる必要はない。もっとも、これについては住民側からの強い要望があったことも一助となってはいたが。

ただ、文面からはそういった権威的文言は、それこそしっかりと除染をされていたのだから、下級職員の心労を思うと余り有るものがある。

例えば国法上にある「認定者の報告通報義務」の部分は「住民福祉のより一層の向上のため、権利者は自己の権利範囲を市に特定させなければならない」と変換されている。言いえて妙だな、とＫなどは感心してしまった。これに限らず、国民ないしは人々の移動や居住、就労等々の権利義務に関係するところを規定するにあたっては、特に審査要件であるとか保護に関する規定が入り乱れており、容易に制定することはできないわけだが、甲市では関係性はそのままに、ただ語順を入れ替えるだけでがらりと印象を変えてしまったのだ。

　つまるところ、感染者を権利者にし、彼らに義務を課すのではなく権利を付与すると言い換えてみせたのだった。もともと行政の不作為を責め立てる意見の多いこの地域だったから、この部分を説明する段では会場から歓声とはいかないまでも、肯定的に捉えている人々が多かった。

　ほかにもこれら『権利』にかかるところは五十近い条文があったが、要約すれば、住民相互で、相互監視を行うもとい、環境の保全に努めるというものであった。平時であれば監視社会などと揶揄《やゆ》されるかもしれなかったが、住民たちはみな「相手のためであれば致し方ない」などと口々に言っている。無邪気な善意の恐ろしさを垣間見た気がした。

　だが、言葉を変えたからといって制度が持つ危険性そのものを変えることはできないし、Ｋにしてみてもこんなことをすれば、すぐに目ざといものがこれに攻撃を加えてくるに違いないと思っている。実際、国や首都庁でも、これくらいのことはやってできないことはないのだ。実際にしていない、ということはそういうリスクを認識していることの証左でもあるのだ。行政には、塵一つの瑕疵《かし》も許されない。条文も行政行為も、常に極めて厳正で融通が利かず硬直的であるか、そうでなければぼんやりと何ができるともできないともいわず、誰の意識にも上らないようにしないといけない。

　これら制度説明が終わり質疑応答に移るところで、だからＫは、こんな説明じゃ、あるいは今この場ですら紛糾するやもしれないぞ、と不安と興奮とが溶解した奇妙な感情を抱いた。

「以上で一通りの説明は終わります。ご清聴ありがとうございました」

　一拍置いて、会場には戸惑いとも興奮ともつかぬざわめきが広がっていく。

　説明をしていた者が着座すると、進行役が代わって立ち上がり、「それでは、質疑応答に移らせていただきます」と言った。

　通路上に幾人かの市役所職員がマイクを持って待機していた。

　一斉に挙がる手を見て、Ｋは自分の判断が誤りではなかったことを見て取った。

　そら見たことか。担当の青ざめる顔が脳裏に浮かぶ。答え合わせのため、視線を会場から壇上へと持っていくも、なぜか担当者はすまし顔だった。

はじめ、会場中央あたりにいる初老の男にマイクが渡された。

「こんなことで本当に地域の安全が確保できるんですか」

Kは、内心できるはずなどない、と応えてやる。男は訊きたいのではない。批難をしたいのだ。これは一連の事件を根本的に解決する手段などになりはしない。問題を解決する方法は事実にしか宿らないのだ。流言飛語から生まれたその場しのぎの対策などまやかしにすぎない。だからあの男は、今も担当者が答えようとしたところですかさずに次の言葉を放っている。

「今回の条例ですか、これが施行されるまでに一体どれだけの期間がかかってるんですか」

Kは腕を組み、ややうつむきがちにスピーカーを通して場内に響き渡る男のセリフを聞いている。

「すでにね、気分が沈むとか自傷行為に至るとかふさぎがちになるみたいな重篤化の報告だってあるわけでしょう。感染拡大の予防措置にしたって対処方法にしたって、結局国のほうで根本的な対策が打たれてないわけだから、仮にここらで正常化させたって、またどこからか入って来る可能性があるわけでしょうが」

Ｋは、薄く閉じていた目をぱっと見開いて、会場の中ほどにいる男の姿を眺めたが、光源が小さかったために、その表情までは分からなかった。

あの男は一体何を言っているのだろうか。彼もまた噂に呑み込まれた残念な者の一人なのだろう、と半ば思いかけたところで、場内からは「そうだそうだ」だとか「お前らのことを言っているんだぞ」とかいうやじが飛び交い始め、その中の何人かはやおら席を立ちあがり、国やＫたちを指し示すのを認め、Ｋはすぐさま、ついさっき思い至った想念を訂正せざるを得なかった。

これは、ひょっとするともはや止められないのではなかろうか。

「すでにね、それらしい住民が大勢おるんですよ。この前ここいらで起きた養鶏場の火事だって、結局は病気になっちまった鶏を、畜産農家が泣く泣く自ら火をつけたって話じゃないですか」

Ｋは一旦視線を足元に移し、机の下で係長の大腿部のあたりを人差し指でつつき、「そうなんですか」と、もう片一方の手で口元を押さえつつ訊いた。

係長は神妙な面持ちで首をかしげるだけである。

Kをはじめとする首都庁の面々は、先の火事の一件は漏電ということで方が付いていた。管轄の保健所も、それなりの期間、職員が調査に入って感染があったと客観的に認められないと報告をしている。

「病人も農家も、私らはもちろんだれひとり悪くなんてないですよ」

男の話は止まらない。

「変な話、病気そのものだって悪くないよ。あんたらだよ」

男は衛生省の職員が座る方向を何度も指さした。

「これはね、人災だよ。傷つき苦しんでる彼らのためにも早急に行政が主体となって対応すべきなんじゃないんですか！　私たちはみんな不安なんですよ！　それだのに、いつまでもそんな受け身の姿勢で、安心と安全の確保を住民にまで担わせるというのは、これはいかがなものなんですか。そりゃもうそういう制度が作られたというのであれば、ぼくらも協力しないわけにはいかないですけど、これについては追々変えていってもらわないと困りますよ。蛇足ながらね、私の親族にだって、それらしい者がおるんですよ。その子だって迷惑をかけてしまうからと気が気でなくて、すぐにでも治せるところがあるなら入りたいと言ってるんですよ。そういう切実な思いがあることをおたくらは知ってください」

後半、男は泣きださんばかりの声音だった。会場からは例によって逐次に「そうだ」とかのやじが飛び交い、Kはすっかり気が動転してしまった。

「貴重なご意見ありがとうございます」

市の担当が席を立って礼を述べるも、それだけにとどまらなかった。

「これについて何か国の方から補足することはございますでしょうか」

打ち合わせでは、我々に話を振ることはないと、彼らはきっぱりと言っていたにもかかわらず、今やはしごは外された。

市は、責任の所在が自分たちにないことをこの場で証明する算段に違いない、とKは思った。言うまでもなく、対面に座る衛生省の面々は慌てている。マイクのスイッチを入れたり切ったりを繰り返し、スピーカーを通してぶつりぶつりと妙な機械音が断続的に鳴った。

会場全体に何かを言うのは得策ではないと判断したのだろう、担当者に向かい、マイクを通さずに「ありません」と言うに終わった。

担当はうなずくだけであった。

いや、ただ声の大きい者の意見だけが出てきているだけかもしれない、とKは思い直し、その次、またその次の質問に耳を傾けたものの、最初のものとそう変わり映えのするものではなかった。

一時間ほど同様の質問が繰り返され、苦痛の時間を過ごした。

「市職員一同、誠心誠意事態の収拾に努めてまいります」、という担当者の締めで説明会は終わった。

この騒動が持ち上がるより前、それこそ父が小さな役所でのいざこざに巻き込まれた時には、心中うっすらと認めていたことだったが、自分も含めて多くの人は何か寄る辺を、免罪符を喉から手が出るほどに欲している。存在しない病気の報告書もこの騒ぎも、つまるところシステムに許容されえない性質は、各人に帰属するのではなくて病気でもなんでもいいから自分以外の誰かとか何かに責任があって、そいつを大多数の合意の名のもとに宣言してもらいたいのだ。

大体誰にでも程度の差こそあれ、気分が沈むことはあるし働きたくなくなることはある。わざわざこれに小難しい学術用語を冠して病気にする必要なんてない。本当はこれらを許容できないシステムにこそ欠陥があるにもかかわらず、それでも組織は、地域はこれを守り、擁護する。なぜならば不自由と安心と安全が担保されているから。Kは大家の顔を思い出して苛立ち、会場の人々を見て苛立ち、きっとそれでもなお自分が彼らと同じくこれからもずっとシステムに従順であるだろうことを認めて苛立った。

機能や仕組みは、最大公約数から外れない限りにおいては、とても快適なのだ。ごくごく善良な市民や素朴な国民はここから外れないための所作を身に着けている。それ故規定通りに振る舞わない、振る舞えない何かを目にしたとき、自分の土台そのものがひどく揺るがされているような不安に陥ってしまう。自らが従うルールからの逸脱は、そのまま自身への攻撃と錯覚される。少なくとも、口惜しいながらもKは、自分が時折そう感じてしまうことがあった。

幕が下りきらぬうちに、国と首都庁の職員は足早に壇上を後にした。

控室に至る廊下で、「まずいことになっちゃったな」と係長が誰に言うでもなく漏らした。

先を行く国の連中は何かを囁き合っている。

控室に戻ってから二十分ほどして、市長とその部下四名が堂々と中にやってきた。

「この度はご参加いただきありがとうございました」

市長はおもむろに会話を切り出すと、滔々と今回の事案について思いの丈を述べてＫたちを閉口させた。

市長は話の節々に安全や安心ということを暗に示していたが、Ｋは騙されないぞ、と固く決めていた。彼の言う言葉は全て自身に有意な道具の品評会に過ぎない。不安も危険も安心も、すべて彼を支える支柱なのだ。

ただ、彼を悪の権化と見立てるほどにＫは純真無垢ではない。このような男が現れずとも、遅かれ早かれ似たようなことが、ここでないどこかで起きたはずだ。構造そのものの宿命だ。

市長の長広舌から解放され、ようやく三人は車に乗り込むことが出来た。

「いやあでも、国の連中もだいぶ困ってたね。こりゃいよいよ無視できなくなっちゃうよ」

帰りの車中、そんなセリフとは裏腹に、係長はヘッドレストにどっかと頭をもたせて言った。首都高速脇を並走する一般道は、相も変わらずの渋滞だった。

「でも、どうなんでしょう、さすがにわたしたちも国も、あそこまでなんていうんですかね、露骨なやり方には打って出られないと思うんですけど」

「どうだかなあ。自治体で先例を作って国が後追いするなんてよくあることだからねえ」

「市の担当だって、あんな侵害行為をよく権利だなんて堂々と言えますよね」

係長が笑いながら振り返り、「K君そんなに真面目な人だったの?」と茶化してきた。

むっとして言い返そうとしたものの、係長が話を続けたために間抜けな息継ぎをするに終わってしまった。

「大体さ、国とか首都が本当に適正な処置を検討して実行に移す前に盛り上がっちゃった事案なんだから、もう流れなんだよ。止めようがないんだって。K君だって見たでしょ、あの盛り上がりかた。まともな人がまともなこと言って、それを行政で後押ししたって踏みつぶされるだけだよ。ましてや甲市に限って言えば住民の代表たる先生たちでそれにお墨付きを与えちゃってるんだから。うちだって国だって、遅かれ早かれそういう先生たちが出てきたら似たようなことやらざるをえないんじゃないの、知らんけど」

すでに係長の視線は進行方向に向いていて、その先にはあの奇妙な形をした庁舎が迫っていた。

運転をしている職員は、いかにも興味がなさそうに「そうですねえ」と適当な相槌を打って話を流してしまう。

この腹立たしさは彼らに向けられたものか、はたまた自分自身に向けられたものか判じ兼ねた。ここでどう言い繕おうとも、自分はきっと今後も優秀な行政官でいるであろうことが想像できたからだった。

日を置かずに、国と首都庁で本格的な検討会議の場が設定された。会議の主題はもちろん皃についてだ。国のほうでも甲市の条例を受けて本格的な感染症予防法の改正を計画しているらしく、実施主体は各広域自治体の知事であるということから、参集範囲にこれらが含まれたのだった。

会場は衛生省だった。

「国のほうでも、甲市に倣ってさ、国民だとか地域に対して包括的に報告義務を課すとか、感染者の強制入院措置みたいなのはできないわけ?」

衛生省大臣官房所属の部長級が訊く。

ここにいる大半は、いわゆる身内で構成されている。衛生省の役人を始め、首都圏所在の広域自治体から代表がやってきている。もちろん臨床研修なんて受けていないし、検体を遠心分離機にかけたことはこれまでも、そしてこれからも絶対にないであろう事務屋ばかりだ。だけれども、国会のどの会派がどういう力学で以て次にいかなる行動に移るかを推知する能力は、もちろん感染症の専門家よりも長《た》けている。首都庁や県庁から来ている職員とそれは同様で、国に対して影響力を持つ庁内の人間が誰か、彼らがどういった行動原理で動いているかを熟知していた。とはいえ、そういう力学だけで全てを決めるのは体裁が悪い。ということで、エビデンスに基づいた会議運営という印象を外部に持ってもらうべく、一応研究系の職員を数名同席させてはいた。居並ぶ面々の階級と専門職員らのそれにはかなりの隔りがあったが、変に釣り合いをとると実際的な運営の方に支障を来すという懸念もあったのかもしれない。

件の部長が言っていることは、その文頭ないしは締めの部分に、「先生たちを納得させて、国民も喜々として受け入れるような政策は、このようなものだと思うんだが、いかがか」という言葉が、発されずとも含まれている。

ただ、ここまであからさまな科学に対する侮辱を甘んじて受け入れるほど専門職員たちものんきではなかった。

「ですから、以前から申し上げておりますとおり、皐と今回の感染症にはなんら因果関係がありません。ありていにいえば、そもそもこの新型感染症と呼称されているような病気自体こちらでは確認できていないんです。各個に病状と思われるものは確かにありますが、それについてはむしろ特殊な、例えばうつだとか認知機能障害とか属人的な症状とみるのが妥当です。こんな病気はそもそも存在しないんです」

　権威勾配などに臆することなく発言する専門職員の発言に触れ、当の部長は眉一つ動かさずに能面をぶら下げてはいたが、目にはありありと敵愾《てきがい》の色が浮かんでいる。

「とは言ってもだね、事実そういう報告がたくさんあるわけだから、やっぱりないですとは、我々も言えんでしょう」

　部長と専門職員との議論の応酬が始まった。

「言えます。現在上がっている報告のほとんどが、悪い言い方をすれば、各地域の利益団体なるところから上がっているものです。まともな医者ならあんな診断はしません」

「それこそ存在証明が難しいんじゃないの。医師連盟と地方議員ないしは議会がつながっているなんて、私は耳にしたことがないが……」

　これは嘘だ、とKは内心で断ずる。連盟だとか会だとか組合とか名がついていて、ある程度の人数を擁する団体が統治機構と無関係であることなど有史以来あり得ないことだ。

　こういう時、この国が連綿と培ってきた奥ゆかしい民族性は特に精緻を極める。個人や組織の関係は、文面はおろか音にもならず、なんとなく察するしか方法はない。結果と責任は宙ぶらりんのままどこかへ流される。

　病巣。Kはふと思いついたこの単語が、この組織にはぴったりだと思った。

「とにかく、わたくしども国立疾病研究所においては、今回の事案について具体的な対策だとか予防施策を打つつもりは毛頭ありませんし、『調査中』という言葉すら本来なら使いたくないんです。なぜないものをないと言ってはならないんですか」

『ない』ことはないでしょう。今はまだ『ある』とも『ない』とも言えない状況であるから、まあ『ない』として進めて、最終的にやっぱりありました、じゃ批難は免れんわけですよ。であれば国民の生命や健康を所管する我々としては常に最悪の事態を想定しないわけにはいかないでしょう」

　結論は出なかった。

　国の担当者が、「であれば、単純に健康診断というか、なにかしらの検査を、特典とセットにして頒布するような方法はどうでしょうか」

　会場にいる人々の視線が一斉に集まり、担当者は面食らって、背もたれに身体を押し付けるようなしぐさをしてみせる。

「いえ、これはただの担当者案ですし、今思いついただけなのでそれ以上のことはすぐに申し上げられないのですが、こちらで検査を実施する病院などを指定して、この要領は従前の予防法のものに準じればそこまで時間はかからないでしょうし、検査を受けた人たちに、なんでしょう、なんらかの証明書を発行して、その証明書でもって経済的な、ちょっとした恩恵を受けられるという……」

途中異論や反論があると思っていたのだろう、担当者の発言は区切り区切りだったが、会場にいた誰しもがしっかりと傾聴をしていた。

Ｋは先の研究系の職員に一瞥を投げかけたが、うんざりしたように首を左右に振るだけで、口は噤《つぐ》んだままだった。彼女は彼女の領分を守ることに関しては鉄壁であるが、それ以外については別段意見を持たないのかもしれない。よくよく見てみると、見覚えのある顔で、ひょっとすると以前の会議で食って掛かっていたのも、案外彼女だったかもしれない。

いくつかの意見が交わされたのち、部長が「それでは、この案でおおむねの方向性を見出せたということで、今回の会議は終了致したいと思いますが、よろしいですかな」

部長は全体に問いかけるようで、その実視線のみは研究所の面々に向けられている。

沈黙が回答だった。

　結局のところ法改正については行わず、あくまで規則に対する附則という形でこの検査に関する項目を当て込むという落としどころとなり、明文化にあたり、これと対応する形で首都及び周辺広域自治体の七県でも文面の作成にとりかかることとなった。

　これまでの騒動を思うと、比較的円滑な会議進行であるといってよかった。だけでなく、ようやく国が重い腰を上げた、ということで方々からの感触も悪くなかった。

　実務が滞りなく進んでいくのを見るにつけ、Kは安堵をかみしめる。

　附則の案文が出来て、Kはこれの公示や施行に関する連絡を各自治体に対して行った。

　方向性自体に問題はなかったが、実際にどういった証明を、どのような手続きで与えるかという具体的なところだけがまだ見えていなかった。自治体からは予算取りの関係もあってここについての質問が特に多かった。

　けりに関する挙国一致的対策というのはこれが第一段階である。すべての人々が実際に目で見、手で触れることができる効果というやつは、この検査証明書の部分だけである。あとは努力義務とか報告・通報なんていう字面ばかりで、大多数の者からすれば霞みたいなもので、腹は膨れない。首都庁と各自治体との間には特例条例が締結されており、一部権限を法的に委譲している。であれば、現実に業者から物を買う、住民に交付するという行為主体は彼らであり、こんな霞が如き法文の中身よりも、むしろここからどれだけの交付金を出すのか、ということこそが重要事項なのであり、その道筋を立てるためには証明書がどういう形でどこから出るのか、その単価がいくらなのかこそが焦眉な点だった。

「いっそ、この検討会いってみたら」

始業時間から昼過ぎまで、電話とメールにかかりっきりになっているＫをさすがに見かねたのか、係長が話を振ってきた。

「検討会って、新条例の様式検討の、ですか」

「うん。向こうってさ、結局実務なんてあんまり知らないのよ。トントンで上がっちゃってる優秀な人たちばっかりだから。こっちで各自治体に下調整してさ、なんか案もらって、揉んで上に持ってってったら、案外すんなり収まるんじゃない」

あからさまな、「うーん」という唸り声を出して考えこむ。

悪い話ではなさそうだ。

この提案から一週間、Ｋは各自治体に意見の募集をかけた。役所らしい、Ａ４用紙に根拠法文であるとか発簡主体の公印を押した書面を提案するところや、電子上ですぐに表示できるアプリケーション形式のものといった案がいくつも寄せられた。その一方で、係長は掛け合って、地域連携担当からも職員一名を参加させるという調整を行っていてくれた。

Kはいくつかの委託業者にサンプルを作ってもらい、デスクに並べて満足げに眺めている。

「これなんかいいんじゃない」

係長が背後から手を伸ばし、シリコンで作られたワッペンを手に取る。手のひらより小さいサイズで、目立ちはしないがそれなりに存在感のあるものだった。上部には小さな突起があって、チェーンでカバンなどにも取り付けられるようデザインされている。

「真ん中には適当なキャラクターなり標語なりを挿入して、その下に国かうちか、じゃなきゃ自治体の名前でも印字しようかな、と」

ほかにもプラスチック、シールと様々な材質、形状のものがある。係長は、いつになく真面目な表情で物珍しそうにくだんのシリコンを弄ぶ。

「私も、それが結構いいんじゃないかと思っていたんです」

「アプリの方はどうなってるの」

視線をワッペンに据えたまま、係長が訊く。

「私は専門ではないので、そういう余地が規則的に残されているかどうかを情報システムの方に確認しているところですが、まあこちらも問題はなさそうです。ただ、開発となるとある程度期間がないと難しいということでした」

「開発業者とか仕様とか見積もりみたいなのはさ、大体見当つけてるんでしょ」

　ようやくワッペンがデスクに戻ってきた。KはPC内にあるいくつかのファイルを開いて、深層にあるものを呼び出す。今画面には文書が展開されていた。文書の右上には発出されたときの年度が記されている。今から五年前のものだった。

「ここなんか、いいんじゃないかと思ってるんですけどね。昔ハザードマップを作った業者なんですけど、これに付け加える形で、検査の実施日とか証明のコードなんかを表示するもので、これ自体ある程度広まっているものだから、効果があるんじゃないかなって」

「来月の頭にさ、検討会あるみたいだから、一旦データにして担当に送っとくよ。おれのほうで調整してるから、全部くれればこっちでやっとくけど」

　会議は二十五階で開催された。

　すでに回数を経ていたから、ある程度骨子は固まっていることが、進行を聞くにつれて分かってきた。矩形に並べられた長机に、各局の上役と担当が隣り合って座っている。扉を開いて一番奥に陣取っているのが政策企画局長であることから、会議の重さがうかがえる。官房系の職員数名を隔てたところに、見知った顔を見つけた。ヨシダだった。

若干寒いくらいの空調が、会議の重さみたいなものをより際立たせた。

Ｋの出番は様式の細部の部分のみだったから、議事次第のほとんどにはなんら関わりを持たなかった。

会議とは名ばかりで、例によって決まりきったことを確認するだけの場だ。けり関連の問題については、首都庁は常に国と足並みをそろえていた。唯一の障害は国立疾病研究所だった。彼らだけが決してこの問題に同意をしないというのだから、本腰を入れて事態の収拾に取り掛かることができないでいたのだが、国会での追及も激しくなると、ようやく迂回路の検討に入った。

感染症の問題から、その道の専門家を排除することで国民感情に阿《おもね》ったのである。そしてその効果はてきめんだったのだから、研究所こそいい面の皮である。

各自治体とも国と共通の認識が取れている今、会議で決めることといえば、まさにＫが携えている証明書を措いて他はないのだった。

「それでは、今会議での確認事項は以上となります」

司会役がそう言ったところで、Ｋはよもや自分の存在は忘れられたのではなかろうかと一瞬危ぶんだ。

直後に「最後、総務局から細部様式についてご報告があります」と言われた。

「総務局行政部地域連携のＫと申します。お手元の資料、別添の様式をご覧ください」

場内に頁を繰る音が起こる。ヨシダが上目がちにこちらをちらちらと見やる。表情は真剣だったが、目は笑っているように映った。

「案は全てで四つとなります。材質、形状ごとに差異がありまして、一つ目はシリコン状、今一つはプラスチック、それからシール形式のものとなります。最後の一点は電子上での証明となります」

一通りの説明を終え、質疑に移ろうかというところで、主催者たる政策企画局長が、

「この一番上のものでとりあえずはいいんじゃないかね」と、いかにも投げやりに言ったことであっさりと決まってしまった。

「交付金出るんでしょ、どうなの」

Ｋは自身に話が振られたのかと思い、自身の手持ち資料を慌てて繰る。そこまでの調整はしていなかった。どういった逃げ口上を用意すればよいだろうか、と時間を稼ぐための

挙動だったが、どうもこの質問自体が自分に向けられたものではなさそうだった。

「はい、出ます」

財務の主計担当課長だった。

「じゃあ決まりだね。こっちの、電子のやつだっけ、こっちは」

「次年度での措置は難しいかと」

「まあそうだよね、大臣決裁なんて何か月も前から調整してないとそもそも持ち込めないもんね」

しばしの雑談ののち、会議は終わった。局長から序列順に退室していった。

「すごいじゃん」

ヨシダだった。二人はこの会議の末席も末席、一担当者だったから、無論立場はもっとも低い。退室も一番最後だった。二人は会議室前の廊下に立っている。

「いや、あんな管理職だらけのところによく一人で出てきたね」

Ｋは苦笑した。

「たどたどしかっただろ」

「全然」

「ならいいんだけど」

このフロアはいくつかの会議室が並んでいる。ちょうどKのフロアの執務室部分が全て議場となっている具合だった。中はパーティションで区切られていて、イベント事や記者団が来る時などは全て繋げて広げることもできる。

「こんなんでいいのかね」

ヨシダが何の気なしに漏らし、それからエレベーターへ向かって歩みを進める。Kも思いだしたようにそのやや後ろをついていく。腕時計に視線を落とし、正午近くになっていることを知る。

「こんなんって、会議のこと？」

「いや、そうじゃなくてさ、けりそのものさ」

Kは覗き込むようにヨシダの顔をみやる。いつになく神妙な面持ちである。

「なによ、めずらしく真面目じゃん」

いやなやつだな、とKは軽い自己嫌悪に陥った。立場によって意見を変える自分の弱さに嫌気がさす。自分だってこの一連の事象そのものには違和感しかないし、いつだったかの説明会の帰りに上司に茶化されたのに腹立たしかったにもかかわらず、今は自分がその立ち位置にいる。無節操も極まれりといったところだ。

「真面目とかじゃなくて、変じゃん。おかしいって普通分かるのに、誰も口にしないだろ」

「そういうの藪蛇《やぶへび》になるから言わないほうがいいぜ」

　ヨシダは「わかってるけど」、などと口ごもっている。まだ何か言い足りないのだろう。Ｋとてその気持ちは分かる。そもそも誰しもが持っている感情だ。だけれどもその誰しもには生活がある。予期された明日がある。いまさら知らぬ世界に飛び込むほどの勇気を、あいにく大半の役人は持ち合わせていないのだ。いや、少なくとも自分と、そうだな、その上司は持ち合わせていないだろうとＫは付け加えた。

「ま、のど元過ぎればなんとやらだよ。お偉方も下々も、十年後には今みたいな問題があったことすら忘れてくれてるさ」

　エレベーターが到着したことを、間の抜けた音が知らせる。

「そうだといいんだけどな」

　自身の職場がある階を押そうとしたところで、ふと「もうこのまま昼はいっちゃう？」と思い立つ。

ヨシダもヨシダで、別段急ぎの仕事はないということだったので、一旦エレベーターを降り、三十二階の職員食堂を目指した。

昼休みに入る寸前だったので、まだ発券機に並ぶ列はできていなかった。二人は日替わり定食を注文して窓際の席に並んで腰を下ろした。首都下を一望できた。陽光がビル群に降り注ぎ、窓がきらめいている。足元には、粒のような車が行きかう。

「うちに張り付いてるプレスって、こっちの事情どんくらい知ってるの」

手で覆うことなく、つまようじでもって奥歯を掃除しつつ訊ねる。

「まあ、結構知ってるよ」

「それじゃあ彼らも茶番ってことはわかってるわけだ」

「分かってないやつなんてきっといないんじゃないかな」

Kが笑うと、ヨシダもつられた。

それからKは、大家の顔を思い出し、彼女だけはたぶんなんでも乾いたスポンジみたいに吸収するから信じ込んでいるだろう、と思った。

他愛のない話で昼休みを過ごし、造作のない仕事で日々を浪費した。

「じゃあ、ある程度まとまった段階でさ、配布先のリストとかと合わせて決裁かけてよ。

これ多分持ち込みになるから、そこだけはよろしく頼むよ」

予算の内示が出ると、いよいよ実行の段階に移行した。

「検査」とは、ずいぶん大仰な文言であるが、その実年に一回実施している健康診断に付帯して、問診で一つ二つそれらしいことを聞くだけなのだから、実効性などないにも等しい。

いつものやり方だ。大きいことは小さくみせ、小さなことには見得を切る。シリコン製のワッペンには、公募で選ばれた、注射器を模したキャラクターが付され、その下に衛生省との文言が入っている。背景は淡い水色だった。

このくだらないワッペンを作るのに一体どれほどの資金が業者に流れ込むのだろうかは考えたくもなかった。役人に人件費も機会費用も効率性もない。問題が解決しようがしまいが、それも関係ない。ただ静かになってくれれば、それでいいのだ。

法令が改正され、都条例の公布がなされると、もちろん批判の声が上がった。

「行き過ぎた規制行政」であるとか「人権の侵害」といういつもの文言である。ただ、こちらとてやりたくてやっているわけではないのだから、批判の提出先がそもそも間違っている、とKは考えていた。

報道でもネットでも、法文の危険性を叫ぶ声は、けりの不安というより大きな合唱によってあっけなくすりつぶされた。

正式に施行がなされてからは、誰も文句などは言わなくなっている。正しくは現実の世界においては、文句を見聞きすることは目に見えて少なくなった。Ｋのあずかり知らぬところで、いつの間にかこのワッペンをつけているものにはちょっとした割引であるとか経済的な恩恵を受けられるようになっており、結局のところ崇高な理念であるとか自由への侵害という危機感は、生活の利得に負けたのだった。

もともとが先のとおり、健康診断に付随するものだったから検査率は高く、全国の正規雇用就労者数くらいの数字を初年度から記録した。

Ｋはこの業務に携わるようになってから、国立疾病研究所のサイトを定期的に覗くようになっていた。彼らだけが細々と研究の成果を報告しているのであるが、そこには誹謗中傷の雨が降り注いでいた。

真実や事実は、生活になんら利益をもたらさない。Ｋは、こと服務規則に記されている時間内にあっては、けりと無関係に過ごすことはできないとしても、それ以外のところで影響を及ぼされるようなことはあるまい、と高をくくっている。

そもそもこれに声高に批判を投げるとか、検査を受けないことで得られる利益がないのだ。

何も変わりはしない。この法があろうがなかろうが、明日も来年も平穏無事に過ごせる。大多数の者がわざわざ衆目の集まる場で言葉を発さないのは、真実かどうかというよりも、単にそういう行為が恥ずべきものだと認識されていることに起因するのかもしれない。発言という行為自体が恥ずかしいのではなく、誰もが事実は理解しているが、現実の利得が目の前にあるのだから今さら鬼の首を取ったように騒ぎ立てるのが恥ずかしい、ということである。地球が太陽の周りをまわっていることは、誰しもが知っている。最大公約数だ。

来月からまた次年度へと移り変わる。着々と進められる計画と前年度の成果報告の中で、Ｋは局長室へと呼ばれた。

異動なら、基本的には部長から辞令書とともに言い渡されるし、なによりも内示は来週のはずだった。

「ああ、そう固くならなくていいよ」

局長はＫを手招きした。デスクの上にはノートＰＣが置かれていたが、画面は閉じられている。ペン立てと内線の他に、物が出ているということはなかった。

「なかなかの働きらしいじゃない、課長から色々聞いてるよ」

「はあ、ありがとうございます」

妙な沈黙が流れ、局長は唐突にけりについて尋ねてきた。

「どう思うね」

「別段、思うところはありませんが……」

「病気は、あると思うかい」

局長は両手をデスクの手前にかけて、イスに身体を委ねている。クッション性が高そうだな、と無関係なことに意識が飛んでいた。

「いえ、思いません」とKが答えると、局長は苦い顔をした。

「だめだよ、それじゃあだめだよ……」

何を思ったか、局長は姿勢を正すと引き出しからスティックのりを取り出した。

「これはなんだい」

何か試されているのだろうか。ここであらぬ答えをしたら、まずいことになるのか、やや不安だったが今この場で答えに窮してしまうのもばつが悪い。あれは糊だ。そう、ただの糊じゃないか。

「糊です」

局長の表情がにわかに明るくなった。

「そう、そうだよ」

じゃあこれは、と次いで出したのははさみだった。

「はさみです」

「いいね、その調子だ、では予防法はなんだい」

「法規です」

局長は手を打った。

「まさしく！　K君、君は端的に答えを出せるんだよ、ぼくらみたいに、組織に浸りきっていると妙に頭を回してしまって、前置きを長くするとか、糊を説明するのにくっつける対象の説明を始めるやつがそう少なくないわけだが、君にはそういったことがない。だが、同時にそれは弱点でもあるのだ。さっきの予防法、あれはただの法律だ。病気の有無なんて考えちゃいけないんだよ、わかるかい」

「ただ、ないとは思っております」

口にしてから、しまった、と思ったが局長の表情は柔らかだ。

「ああ、ないはないでいいんだ。私もないと思っているよ。ただね、糊もはさみも、なんてことはないただの道具だ。けりだってそうだ、ただの道具なんだよ。もしＫ君がね、そういう、ちと若い勇猛な部分を少しばかり矯正してくれるのであればだね、新設の部署にいってもらおうなんかと考えているんだが」

逆らおうとは思わない。これは提案の形をとってはいるが、断ればどんな恐ろしいことになるか分かったものではない。けりなんかよりも、よっぽど生活への破壊力が高い見せしめがその先にあるはずだ。

「ありがとうございます」

局長はいかにも満足げにしきりに頷き、世間話などをしてから、Ｋは退室した。

「追って部長から内示があると思うから、そのときはよろしく頼むよ」

翌週の内示でＫは、総務局長直轄の新制度生活開発準備室なる部署への異動を辞令書の交付を受けるとともに命ぜられ、担当係長へと昇進した。

行政部では、Ｋの他にも十数名の異動があり、その中には係長も含まれていた。

「Ｋ君、準備室ってなにやるの」

席に戻ってから、二人は互いの辞令書を覗き込むように見合っている。

「わからないです。来年度から始動するらしいんで、訊く人もいないですし」

「担当係長ってことは、主に連絡調整がメインだよね、きっと」

係長は思いだしたように、昇進おめでとうと言った。

「係長は次どこですか」

「交通局だよ。それも出先だから、気楽なもんだね」

さみしくなりますね、とKは心にもないことを言った。

内示があってから、業務の引継ぎをするとともに、歓送迎会の準備もあわせて行われた。首都庁近くのチェーン店だった。Kはこのとき、はじめてあのワッペンが割引券を兼ねていることを実際に経験した。

終業を知らせるベルが執務室内に鳴り響き、業務が一段落ついたところで、歓送迎会幹事を指名された若い職員が、照れくさそうに普段課長が立つ位置へおずおずとやってくると、くだんのワッペンを高らかに掲げ、「本日の歓送迎会に参加される方はこちらのワッペンのご持参をお願いいたします」と言った。

いつの間にか「新型感染症」は単に「けり病」と呼ばれるようになり、そうでなければ

「国民病」とすら呼ばれるようになったが、相変わらずこれについての実体とか痕跡はつかめていなかった。

「KさんKさん、あなた、ちゃんと検査受けてる？　これつけてないみたいだけど……」

しばらく仕事の時間が不規則だったから大家とはちあわせることも少なかったが、この日はそうではなかった。

「え？」

Kは大家の腰のあたりにぶら下がった注射器を模したキャラクターを見て、苦笑せざるを得なかった。確かに自分はつけていなかったが、庁内で定期的に実施される健康診断とかねて行われていたから、検査自体はしていた。ただ単に、面倒だったのだ。

「まだあの変な病気って、ちゃんと治らないらしいじゃない。やっぱりこうやってきれいにしなきゃだめよね。Kさんもちゃんと検査にいってくださいよ、不動産屋なんてひどいんだから、やってない人が入居してたら仲介料を引き上げるとかなんとか言って、やんなっちゃうわよ。Kさん、検査いきました？」

「ええ、まあ、仕事なんで失礼しますね」

大家の話は脈絡がないから、いつも会話を切り上げるタイミングが分からない。

いつもの通勤経路でも、ワッペンを身に着けている者をちらほらと見るようになった。

本当にこんなことでいいのだろうか、とふと思うことがあったし、意味があるのかは未だよくわからないが、検査率自体は日に日に上向いていっていた。実のところ、従前の健康診断と項目はそう変わらないのだが、これで安心を得ている人々の数は少なくないように思えた。

「K君、これは功労賞ものだね」

従前の課長は市町村課から準備室長へと昇格し、今もなおKの上司だった。

「そうはいってもですね、私がやったことといえば、せいぜいが駄菓子のおまけを配るようなことですから……」

謙遜などではなく、Kは事実このように捉えている。

「いやいや、そんなことはないよ」

返事をしようとしたところで、室長は片手でこれを制し、話を続ける。

「まあそんなK君にだね、折り入って仕事を依頼したいのだが……」

二人は今、行政部の一つ上にある十四階にいる。ここはつい数年前にあった国際的なスポーツ大会をこの国に誘致した際に、その主務にあたっていた部署が入っていたが、大会はともかく、その後の施設であるとか事務事業の再編の波にさらわれてフロアそのものがそっくりそのまま手付かずで置かれていた。準備室は急ごしらえの執務室を今ここに据えていて、本来であれば部長室、と呼ばれている場所に室長の個室が設けられていた。

「これはね、まだ時期は決まっていないんだが、近いうちにね、国の方でトータルケアセンターなる研究施設の新設を検討しているわけだが、広域自治体だとか関係機関からの派遣職員の受け入れをしていてだね、K君にはぜひ今の能力を遺憾なく発揮してもらいたいと思っていてだね」

　二人は今、応接のために設けられた一対のソファに向かい合って座っている。課長もとい室長は、資料を取り出すと、ソファの間にある背の低いガラステーブルにそれをそっと置いた。Kはしばらく眺めてから、書面を手に取った。

　首都庁外の乙県にこれは所在していた。乙県はその全体が半島で形成されており、件の施設はその突端に位置している。辺鄙《へんぴ》なところではあるが、首都庁からのアクセスは、首都とこの半島のちょうど中ほどにある海上トンネルを抜ければすぐのところにある。車であれば三時間はかからないであろう。

　完成予想図は、病院や研究施設というよりも豪奢な私立大学のようだ。ざっと設立の経緯などを見てみると、最初の会議から政権内部で自主研究会が発足し、そこに有識者が加わってその骨子が作られるということになり、各所にこの『けり病』の危険性を吹聴することによってその後押しを得、地域住民に対しては補助金を交付するというような、いつもの箱もの行政のやり口だ。だがそんな経緯よりも、Ｋにとっては、検査を故意に拒否したものを強制的に収容出来うる、といった文言が引っかかっていた。

「これは、さすがに法が許さないと思いますが」

もらった書面をくるりと反転させて、該当部分を指さす。そこには「検査を故意に受診しなかった者は、地域福祉向上のため当該施設において必要な検査並びに認定を受けることを要する」と書いてあり、後続部分でその執行方法等が記されていた。

「それはまあ、今はそうだろう。我々としてもそんなことは本当はやりたくないのだがね……。国も我々もこれにはほとほと頭を悩ませているのはK君も知っているだろうが、これに予算を取られて本来やらなければならないところから人もモノもカネも吸い上げられている現状はやはりなんとか解決せねばならないと考えておってだね。さらに言えば、関係所掌以外でもこの問題が頭をもたげているから、つまりは我々のお客さんである住民のニーズでもあるのだよ。それはわかるね、疾病研究所もようやくね、自分たちの組織の維持のためにはやはりこれは認めなければならないというような方向に落ち着いたからね、Ｋ君の言うような法律の問題もそう遠からぬうちに迂回できる見込みなんだ」

この室長にしては珍しく、上司の顔色をうかがうのではなく、仕事のやり方を覚えることで問題の打開を彼なりに見積もっているようだった。

準備室は、淡々と不穏な施策を各所に巧妙に浸透させていった。ただ、これは後から見れば不穏、という形容が適当だと判断せざるを得ないだけで、事の真っただ中にいると、その一つ一つは妥当性を帯びたものに見えるのだから不思議だ。Ｋは当事者なのか部外者なのか、もう自分でも全く見当もつかなかったので、考えないことにした。某センターへの出向日も定まり、いよいよ傍観者的態度が露わとなり、意識して襟を正す日々が続いた。

昼休憩を挟み、Ｋは自席に戻った。昼食後ということもあって、やや集中力が途切れ始めていた。内線が鳴り響いたときなどは、すっかりまどろんでいて、慌てて受話器を取り上げると、聞き覚えのある声がこちらに届き、果たしてそれがかつての上司、係長であることを思い出す。

「どうしたんですか」

「まずいよ、ちょっと助けてほしくて」

明らかに係長は取り乱していた。声音からすぐに判断できるほどに狼狽しきっている。

「事情が分からないとなんとも言えませんが」

Ｋは落ち着き払って答えた。

「あの例の制度、抜け道かなんかないのかい」

「あの制度って、通報制度のことですか」

「そう、それだよ」

Ｋはしばらく考えこむ。確かに制度の素案自体は、準備室が立ち上がった早々に自分が出したものだったが、ありとあらゆる部署、職員の意見が入り込むうちに、複雑さを極めて、実際にどう運用されているかはＫなどの知るところではなかった。

「検査を受けていればよいはずですが」

「あまり大きい声じゃ言えないんだけどね、なんかおれ、だれかに通報されちゃったみたいで。もちろん検査は受けてたよ。だけどどうもその認証にかかる期間だとか、受診から申請までの期間が附則にある、よくわからないんだけど、とにかく追加で何かしなきゃならないみたいなことなんだけど、いや、まあいいや、とにかく端的に言うよ、Ｋ君、すまないんだけど、そっちでなんとかできないかな」

忙しい時期に面倒な仕事が入った。Kは頭の中で仕事を組み立てる。忙しくはあったが、定時では上がれている。もし仮にこの頼み事を受け入れればきっと自分がこれまで組み立ててきた諸々はあっという間に崩れてしまうに違いない。

ここまで考えたところで、Kは「とりあえず、できたらやってみますよ」と答え、内心ではもう心の奥底に係長の頼み事をうちやった。大体、あと半年もしたら乙県だ。

係長はそんなKの内心まで読み取ることはできず、さかんにありがとう、ありがとうと繰り返していた。

「すみませんね、ちょっと業務が立て込んでますので」、と適当な挨拶でもって受話器を置く。

電話を終えてから、この件はひょっとすると何か取り返しのつかない方向に進んでいるのではなかろうか、といまさらながら突然恐ろしくなってきた。

Kの感じた懸念は、日に日に形を持って現れるようになった。出向するまでのわずかな期間に、新型感染症等関連予防法の運用に関する通達が国から参考送付されてきた。言うまでもなくこれはすでに国民の総意だった。矢継ぎ早に制定される関連法だとか規則と予算措置や補助金だのといった施策に、Ｋはすっかり忙殺されてしまった。

　事態は大きく、それでいてとても静かに動いていた。本当になんと危ういことか、と思いつつも日常をやり過ごしていると、あっという間にひと月やふた月が目の前を過ぎ去っていく。こうなると自分が抱える疑問も不安も濁流に押し流されて、気が付けばもう手の届かないところにある。今やそんなものをかつて自分が持っていたことすら忘れてしまった。

　まとまった休みがないわけではない。むしろ勤務日以外で出勤を要する日など年に数回しかないにもかかわらず、なぜだかこの日はいかにも久々の休みであるというような感じがした。

　だからＫはあてどもなく街を散策していた。自然、足が駅へと向かっていたので電車に乗って、適当な街で降りてみようかと思案していたのだが、改札の手前で駅員に止められた。

「すみませんが」

　駅員は、Ｋのことを足元から嘗め回すように眺めている。

「はい？」

「あの、ワッペンはお持ちですか？」

「ワッペンって？」

「ですから検査済みの証明のワッペンです……」

どうしてあれが今やこれほどまでに広まってしまったかの経緯を知っているＫにしてみれば、あれはあまりにもばかばかしくて持ち歩く気にはなれなかったのだ。

「いや、家に忘れてきました」

Ｋが答えると、いかにも申し訳なさそうに駅員は、「それですとちょっとご乗車にはなれません」と伝えてきた。

「えっ」

Ｋは驚かざるを得ない。一体どこまで人を馬鹿にしているのだろうか。かつては国の組織の一部だった鉄道会社までもがあんな愚にもつかぬ噂に取り憑かれているとは。ここは一つ、正しい知識をこの組織の一員である駅員に見せつけねばなるまい、とＫは妙な決意に身をゆだねる。

「あのですね、ご存じかとは思いますが、今あるけり病と呼ばれるものと、報道がなされている現在の病状とはなんら関連がないわけで、うつ病や自殺などと言われるものは、それはうつ病と自殺という事実があること自体は否定しませんが、その原因が『けり病』なんてものにはないんですよ。それだのにあんなワッペンをつけていないからといって乗車拒否をする権限など、そちらにはないと思うんですが」

言い終え、Kが誇らしい気持ちとともに改札を抜けようとしたところで、駅員は食い下がってKの肩を力いっぱいつかんでいる。

「すみませんが、少しお待ちいただけますか」

改札の端には有人の改札もあって、こちらの様子をうかがっていたであろう数名の駅員が飛び出して加わった。

「ちょっとお待ちいただけますか」

権力を持っている者特有の丁寧な言葉遣いだ。

Kは狼狽した。一体なぜ自分が犯罪者扱いされねばならないのだ。

Kは駅員の手を振り払った。どこから現れたのか、次いで警官が四名ほど現れた。彼らがすぐにこのもめごとの中に加わることはなく、初めは遠巻きにして眺めていた。一人の駅員から事情を聞いているらしい。

通りすがりの人々が横目で騒ぎを眺め、改札の向こうに歩いていく。

こちらに非はない。Kは、であれば堂々としていようと決めた。

「君、ちょっと一緒にきてもらえるかな」

一通りの状況について把握したのだろうか、警官がこちらにやってくる。いかにもぶっきらぼうな言い方だった。Kは返事の代わりに肩をぐるりと、準備体操の要領でもって回して、かけられている警官の手を振り払った。警官は所在なさげにその手を中空に浮かせたままにしている。

「君さ、検査ちゃんと受けてるの？　受けてなかったら問題だよ」

「受けましたよ、あのくだらない検査ならね」

「なんでワッペンをつけないの。ちょっと一緒にこられる」

「なんで行かなきゃなんないんですか。私だって用事があるんですよ」

Kの反抗的な態度が気に喰わないのか、それともワッペンがないことがそれほどまでに問題なのか、警官たちは徐々ににじり寄って、Kの退路を塞ごうとしている。Kもこれ以上ことを荒立てても得策ではないと思いなおしてついていくことにした。

駅のすぐ下に交番があった。鼠色の事務机には電灯と、ノートPCが置かれていた。机を挟んだ向こうに若い警官が腰掛け、Kは入口を背に座っている。背後には、逃走防止のためか、警官が二人立っている。こちらの視界に入ってくることはなかったが、圧みたいなものを感じ取ったので、きっと彼らはこちらを覗き込んでいるに違いあるまい、と思った。

名前や住所、検査を受けた日など、訊かれたことを全てはきはきと答える。こちらに非は何もないのだ。もっとも、相手もこちらの勤め先が首都庁であることと、その役職名が係長級であることを知ると態度ががらりと変わった。

「そうでしたか。すみませんでした。しかしワッペンはですね、近頃公共交通機関に限らず、飲食店なんかでも提示を求められることが少なくないのでお持ちになったほうがよろしいかと」

若い警官は下手に出つつ、忠告をしてきた。大きなお世話だ。

背後にいた二人も、先とは打って変わってずいぶんと柔和な表情になっていた。

「ご協力ありがとうございます。いえ、わたくしどももね、実のところ規則なんかがめまぐるしく変わっているでしょう、ですからちょっと対応なんかにですね、まだ若干地域差とでもいうんでしょうかね、そういったものがありましたので。お手間を取らせてしまい申し訳ない」

出がけに、年かさの警官が謝罪とも弁明ともつかぬ言葉をかけてきた。確かに気分は悪かったが、彼らも所詮は役人だ、相手にしているのは犯罪者でも安全でもなく、法文に過ぎないと思えば、多少溜飲も下がる。

休日の昼下がり、駅前は妙に浮ついていた。

交番の前にはバスロータリーとちょっとした広場があり、その脇を上水が流れる。整備された木々が上水の両岸に並ぶ。

こういった環境だったからか、この一帯は住宅都市として発展した。昼下がりの陽光が眠気を誘う。

誰しもが何かを期待して街に繰り出しているように、Ｋの目には映った。何も起きはしない、何も起きはしないんだ。心中、何度か念仏みたいに唱えてみたが、いつもみたいな、安心と倦怠は湧き上がってこなかった。

結局、気分を害したためにＫは家に帰ることとした。どのみち、ワッペン自体は本当に持っていなかったのだから、公共交通機関を利用することはできそうもなかった。

ＰＣで調べてみると、確かに二、三か月ほど前から提示を義務化する飲食店がちらほらと現れ始めていることを知った。

「係長殿、昼食ご一緒させていただいてもよろしいでしょうか」

次の日の昼、眼前に広がる街を眺めながらそばをすすっている時だった。カウンター席は窓際に並べられている。Kが振り返ると、果たしてそこにはヨシダが盆を手に立っていた。

「かけたまえ」

Kが笑いながら答える。

「同期の中で一番乗りじゃないの」

隣に着座したヨシダが訊く。

「かもしれないなあ。でも部下がいるわけじゃなし、仕事も調整が主だからあんま変わんないよ」

職位が上がったところで、『担当』が頭に付く限り、イスにふんぞり返ってハンコを押すだけ、というわけにはいかない。

「ヨシダも異動したんだっけ」

「生活文化局な」

「じゃあようやく『けり』からも解放されたわけか」

にわかにヨシダの表情が曇る。箸だけが進み、彼の前にあるどんぶりの米はみるみるうちに減っていく。

「それがさ」

二人とも食べ終ってから、ようやくヨシダは切り出す。

「うちの課でね、地域の見守りみたいなボランティア団体に補助出してるんだけどさ」

Ｋはただ聞いている。

ヨシダの話によると、どうも都下にある複数の自治体で、こうした有志団体が発足していて、名称は今後『地域健康安全指導員』というものに統一されるらしい。中身はといえば、「けり病」と思われる人々に対して、指導員なるボランティアが健康指導を行い、必要とあらば行政と情報の共有をするという活動内容だったが、言ってしまえば自警団みたいなゴロつき集団だ。

これまでは健診、つまり医師による診断が認定の要件だったのだが、これからはなんの専門性もないリタイアした老人とか、排他性を遺憾なく発揮することが公共の秩序を守ることにつながると信じてやまないＰＴＡの重鎮のような連中が病人を決められるようになる。

助成金も出るということで、やっている方はきっと何かに加担するという意識もないのだろう。

経済的な利益のみを目当てに参加する者もいるようだが、もちろんこれを表立って表明することはしていない。あくまで地域のため、が大義名分だ。

こういった事情もあって、存外職務に使命感を抱いているヨシダは現状に不安を感じているようだった。

「だからさ、なんかこのままいったら何かとんでもないことになるんじゃないかなって」

「なんも起きないよ」

間髪いれずに、Ｋは返事をした。ヨシダはやや驚きを持ってこちらに視線を向けた。

「いや、いままでもそうだっただろ、案外大騒ぎしてることほどすぐ忘れ去られちゃうんだよ」

「公益通報、考えてるんだよな」

食堂からいよいよ出ようかという段になって、唐突にヨシダが漏らした。

「やっぱりこのままじゃまずいと思うんだよ」

二人の間に妙な沈黙が降ってわいた。Ｋは唐突に、ヨシダは何かとんでもないことをしでかすのではないかと思い、これ以上余計な言葉を発して欲しくなかった。ややもすれば彼に端を発する面倒が自分にも襲い掛かって来るのではないかと思ったのだ。

　こんな時取りうる手段はそう多くなく、Kはふざけることにした。

「四人の調整者って昔話知ってるか」

　ヨシダは、自分が何かを言う前に遮られたので口を開いたままこちらを向いている。真面目な表情がまだぶら下がっている。

「四つの部署から四人の調整者が選ばれました。四人はこれから四部署合同で開催される会食のメニュー決めをします。ある部署は懐石料理、ある部署はなんか洋食のフルコース、またある部署は本格的な中華で、最後の一つは寿司を希望しています」

　ヨシダは、ようやくKがいつものおふざけモードに入っているのを認め、小さく笑った。

「で、四人は話し合いの結果、フライドチキンパーティーをすることに決めました」

「フライドチキン?」

「そう、フライドチキン。これはもう全然すんなりと、もう初めからチキンが食いたかったんじゃないかっていうくらいにスムーズに決まるんだよ。会議で一番紛糾するのはここじゃなくて、ナプキンをウェットタイプにするか紙にするか、手前に配置するか奥に配置するか、なんだよな。議論の末、とりあえずウェットタイプのものを手前に置くことに決めて、四人はそれぞれの部署に戻って、意気揚々と調整結果について報告をします」

「めちゃくちゃ怒られるだろうね」

「うん、別に四人はナプキン乾湿優劣決定協会の会議に出たわけじゃないからね。そんな協会あるか知らんけど。でもどの部署でも、報告を聞くうちにみんな納得しちゃうんだよ」

「納得しちゃうの？　懐石料理食べたかったのに？」

「だってどの部署も、おんなじやり方で絶対に調整を任せちゃいけないアホ四人を担当に指名したから」

二人は笑いながら食堂を後にし、エレベーターホールへ向かった。

「それどこの昔話よ」

「知らんけど、多分神託を避けようとして、結局父親を殺しちゃう悲劇の一節とかじゃないかな」

Kはヨシダの表情を注意深く観察し、重苦しい話題が流れたことを悟った。

「おれたちも似たようなところにいるんだからさ、まともに取り合うだけ損だよ」

Kがエレベーターを降りるまで、ヨシダは「そうかあ」、と分かったような分かっていないような、喉に魚の小骨が刺さってなかなか取れないみたいな表情を作っていた。

ヨシダの言っていた連中は、今は『地域指導員』という名ですっかり溶け込んでいた。Kの住む街でもこれを見かけるようになった。暇を持て余した学生であるとか、ママ友みたいな連中がこれに参加していて、どうも伝え聞くところによると就職やなんかでもなかなか優位に働くということらしい。青いベストを着たこれら指導員が駅前で拡声器を用いて募金を呼びかけるという光景も珍しくはなくなっていた。

Kとてこういう流れに疑問を感じる一人ではある。だが一方で、ヨシダが言うような声をいまさら上げたところで誰も取り合わないだろうことは分かっている。

それだけならまだしも、声を上げる、反旗を翻す、という行為は、何にもまして大多数の合意のもとに行われなければならない。疑問を持っている職員や住民の数がどれだけいるかは定かではないが、そう少なくはないだろう。だが、声を上げていないというのは、つまりそういうことだ。どうでもいいのだ。病気があろうがなかろうが、意思決定過程が不透明だろうがなんだろうが、生活に対して何らかの実利があって、大多数が相互に認証し合っている「ふつう」の範囲からはみ出さない限りデメリットもない。これでいいんだ。

Kは「これでいいんだ」、と心中呟くも、心の底から自分を説き伏せることができなかった。

「けり病に苦しむ人々に助けを」の呼び声でもって、立て看板の前で必死の演説をぶつ指導員が駅前にいた。背後にある写真は、確かになんらかの感染症だかなんだかに罹患しているものだろうが、けり病なんかはそもそも存在しないのだ。だからあの写真に写る女性もきっと別の病気か何かだ。映画のワンシーンということもあるかもしれない。

「年間三万人もの人がこの病の犠牲になっています」

駅へと向かう流れに乗りつつ、Kは遠のく演説を耳にする。はじめのうちこそおかしかったが、次第に腹が立ってきた。職場の最寄り駅で降りても同様の光景が繰り広げられていたのだった。

Kはトータルケアセンターへの派遣を控えていたので、職場の片づけだとか身辺整理に追われていた。先方では職員用住宅が用意されているとかで、とりあえずの半年間はそこで暮らすことになるらしい。

こざっぱりしたデスクにPCだけがぽつんと置かれている。

「K君K君」

出不精の室長にしては珍しく、今日は内線で呼び出すわけではなく執務室へと自らの足でやってきていた。声をかけられたという事実よりも、Kにとってはこちらのほうがよっぽど驚きだった。

「生活文化にいる、ヨシダって同期かい」

なんのことだろう、とKは訝しむ。

「うちにね、照会が入ったのよ、人事から」

今やけり関連の業務は、この準備室が一手に請け負っていた。無論、未検査の職員や住民情報というものも集約されている。次年度からは総合生活管理局なる組織に改編され、衛生省や警察とも情報を共有するとかいうことだったが、もうあとわずかで乙県に引っ越すKにとってみれば、どこか遠い話に思えた。

「ヨシダがなんかしたんですか」

Kは食堂でのことを思い返していた。ひょっとすると、この組織も、今までやっていたこともついに白日の下にさらされるのかもしれない。そうなれば、自分も無傷ではいられまい。Kは諦念とともに、なぜだかわずかではあったが、すがすがしい心持でいられた。

「まあうちの方で確認したら、やっぱり未検査ってことでさ、どうも処分受けるらしいよ」

Kの淡い期待は室長のこの一言で打ち砕かれた。連絡を取ろうかとも逡巡したが、組織から痛くもない腹を探られるのは癪だったし、なによりも連絡などいつでもすぐに取れるだろうという安心があったので差し控えた。

こちらからの連絡はよもや取るまい、と決めておきながら、なぜかヨシダから連絡が来るような気がして、日がな一日そわそわしていた。

終業を知らせるベルが鳴り響いた時、ひょっこり入口からあいつが顔を出すのではないか、とも思って、普段より幾分かゆっくりとした調子で後片付けをしたものの、そうはならなかった。

Kは帰りの地下道でも駅のホームでも、何度も携帯端末を取り出しては、なんの通知も出てこない液晶画面をうつろに眺めた。

処分とは一体どういった重さのものだろうか。訓戒か注意か減給か。まさか免職はないだろう。

なぜ同期の一人がこうした処分を受けたことにここまで動揺しているのだろうか。改札を抜ける波に乗って、駅前のペデストリアンデッキへと出る。日はまだそう長くはなく、すでにあたりは夕闇が侵食を始めている。

あの時、あいつの話を真剣に聞いていればこんなことには、あるいはならなかったのではないか、いやそもそももっと早い段階でこの愚かな騒動にくさびを打ち込むべきだったのではないか。答えの出ない自問自答を、帰路につく間ずっと繰り返す。

Ｋはデッキからそのまま家路につくでなく、買い出しのため駅前のスーパーへ寄った。生鮮食品とちょっとしたつまみなどを買って店を出ると、ちょうど青いベストを着た複数人が中年の男を取り囲んでいた。店の前には等間隔にベンチが置かれていて、Ｋはやや離れたところに腰を下ろしてこのいきさつを見守ることとした。ほんの興味本位だった。

「あなた、ワッペンはつけてないんですか」

あのナントカ指導員なる連中は、全部で六人いた。若いやつが三人、近所のご老人が三人という具合で、今詰めよっているのは後者だ。

いかにも肉体労働者然としたその男は、ダボダボの作業服を着ていて、足元にはビールの空き缶が転がっていた。気持ちよく飲んでいたのか、したたかに酔っているようだ。

「なんだよおまえら」

しわがれた声で返事をする。

「検査、受けましたか」

次いで若い女が一歩前へ進んで男に問いかける。まるで売れない劇団員だな、とこれから始まるであろう茶番が、沈鬱な心情をちょっとでも希釈してくれるのではという期待を込め、Kはひとまずこの顛末を見届けようと決めた。

「なんだよ検査って。しらねえよ。どっかいけよ」

男は座ったまま手に持っているビールを一口飲む。

「あなたのやってることは本当に危ないことなんですよ。みんなに迷惑をかけている自覚はないんですか？」

女はくじけずになおも話しかけていた。

「だからなんなんだよ。お前の方がよっぽど迷惑だぞ。ぶっ飛ばすぞこの野郎」

女は突然わっと両手で顔を覆って泣き出した。老人と若者がなだめるように背中をさすっている。

「こりゃあもうお巡りさんを呼ぶしかないよ。いやだったらいったん帰ってワッペンをつけてきてよ」

老人が労働者に逃げ道を用意してやるも、全く聞く耳を持たない。ここまできたらもはや意地の張り合いかもしれない。

「しつこいんだよ」

男はビール缶を老人に向かって投げつける。直後、ついにこらえきれなくなったのか若者が男に飛び掛かって喧嘩になったが、多勢に無勢、男はついに地面にねじ伏せられてしまった。若い男が二人、首のあたりに体重をかけている。労働者のほうはその下でわめきちらしていた。Kの他にも観衆が増えているようで、ちょっとした人だかりになっていた。

少ししてそれを掻き分けるようにして警察がやってきた。Kはどっちも連行されるものとばかり思っていたのだが、「ご協力感謝します」と警官が青いベスト集団に言うと、労働者だけを引っ立てて連れて行った。残った六人はどこか誇らしげにお互いを褒め合っている。騒ぎが静まると、観衆からは拍手が送られた。もはや笑いは出てこなかった。Kは具合が悪くなり、晩飯なぞはもう今日は食えぬ、とあきらめてその場をあとにした。

トータルケアセンターの立地は、どう控えめに見積もっても悪かった。首都圏にほど近いとはいえ、へき地だ。ただ、今はそのへき地がKにとってはちょうどよかった。都会の喧騒が恋しくないといえば嘘になるが、あの街に滞留している見えない何かから、とにかく今は離れていたかった。

トータルケアセンターは、検査を拒否したものの他に、自らが罹患していると申告したものについても収容を行っていた。事務手続き上、前者を対象者、後者を要請者と区分していた。また症状の軽重に応じて一号から四号の分類があり、数字が大きいほどに症状は重いものとされた。

第一次募集では、対象者が六割、要請者が四割で、一千名の収容が行われた。見舞金や支援金、各種張り巡らされた多彩な特典があったから、親族はもとより、収容される本人たちですら実態を知らぬまま、喜々として収容を受け入れた。

もっとも、地域住民やプレスへの配慮から、『収容』という文言は『入居』と言い換えられていた。

四号認定を受けた入居者たちは、みな特別室なる隔離部屋へと押し込まれていた。あんな部屋に入れられたが最後、どんな健常者でも三日もあれば気が狂うだろう。部屋はベッドも備品も何もなく、四畳ほどの部屋に拘束具をつけられて放り込まれる。食事はといえば日に二度の経口補水液の注入と栄養剤だけだ。

Ｋはセンターの事務局総務部物品調達課長として赴任していた。それでも整備された芝生に、海を望むことができる近代的建築物の数々は、Ｋとてある種の理想と思ったくらいだった。

センターの周囲にこれといった市街地も駅もない。ただ山々と、段々になっている田畑がいくつかあるばかりだったが、半分ほどは雑草の生い茂るままになっている。

職員用住宅から新たな職場への道のりは、したがってほとんどが田舎道だ。自転車で幅の広い一本道を行くと、半島の突端に聳《そび》える、茶褐色を基調としたいくつもの建物が視界に入ってくる。家からセンター正門までの距離は、たかが知れている。だが、家を出てから職場に辿り着くまで三十分近くもかかるのだから、どれほどこの施設が巨大かは言を俟《ま》たない。

物品調達が仕事だった。些末なものは鉛筆から、はては建物の修繕に至るまで、以前では考えられない程の予算を短期間で執行した。

管理職ということで、基本的には中身に軽く目を通して、あとは印鑑を押すだけというくだらない業務であった。

新築だから小奇麗ではある。ただ中身は、所詮は役所である、首都庁とも衛生省とも変わらぬ造りだ。複合印刷機、事務机にノートＰＣ、文書保管のためのキャビネット、内線。イスに座って画面を眺めている時など、うっかり自分がまだ首都庁の十四階にいるのではないかとすら錯覚してしまう。

課内の職員数は四十六名で、国を始め、広域自治体や関係機関から出向させられた寄せ集め集団だった。あと何か月かすればこのセンター自体でも独自に職員の採用を行うらしいので、今出向している連中はそれまでのつなぎというわけだ。

課員は各々が担当する調達品目から不足分を補充し、そのリストをＫに送って決裁を仰ぐ。

はじめに調達予定のリストを見た時、Ｋは何が何を指しているのか全くわからなかった。ひょっとすると課員も、自分が何を発注しているのか、皆目見当もついていなかったのではないか。

たとえば先の拘束具などがいい例で、発注はすべて部品ごとばらばらに行われる。品目は数字と記号の羅列で、実際に現物が来ても、先述のとおり物自体も分解された状態であるから、全て集まったところでようやく当たりをつけられるという具合だ。完成品は『身体保護推進キット』なる珍妙な名称を冠され、ケア担当へと引き渡される。

　これを見た時、Kは驚愕してしまった。いかにも衛生的であると言わんばかりに白を基調としたデザインを施されてはいたが、いくつもの鎖やマジックテープがそこかしこについていて、どう隠そうとも拘束具に他ならなかったからだ。

　年に一度の募集期間は半年に一度になり、それから四半期に一度に変更され、最後には通年で募集をかけるというようになった。

　Kはもちろん、施設にいる職員全て、隠蔽をしようなどとは思っていない。むしろその逆で、先のリストをはじめ、施設の現状は全て公表されていたが、それでも入居希望は後を絶たなかった。Kはもう、これは本当に誰もが望んでいた一つの結論なのだ、と思うようになった。この施設や、けりを取り巻く全ての仕組みは、それ自体が免罪符の役割を負っているのかもしれない。

　四半期末に、必ずセンター全体で報告の場が設けられる。トータルケアセンター運営会議というもので、職員は単に運営会議と呼んでいた。各課の課長級以上が出席するということで、Kもこの場にいた。

「収容人数がですね、そろそろ限界を迎えるのでありますが、これについて対策を練りたいと思います」

運営会議には主要な幹部職員の他、衛生省からバックアップ要員の六名が参加し、百名に迫る数が会場に居並んでいる。それ故、名称は会議であっても、実際は今後どういった方向でセンターが運営されるかを相互に確認する場になっている。

センター長、施設運営責任者と入居者健康管理責任者の三役と呼ばれる初老の男たちが右端に座り、左端には司会役のために演壇があった。

大会議室は三名掛けのテーブルが横三列、縦十二列、きっちりと並べられている。

もうそう日を置かずに、このセンターには新しい職員が大挙赴任してくる。彼らに業務の引継ぎをしたら、自分はお役御免だ。そういう心情ということもあって、Kは最後尾で、ぼんやりと会議の進行を片ひじをついて眺めていた。

「これなんですがね、衛生省の方から新たに通達がありまして、四号認定者についてなんですが、保護監督責任者の同意を要件にですね、認定者に対する不可逆的安全援助措置をとるということにいたしたいと思いますが、いかがでしょうか。細部はお手元の資料をご覧いただければと思います」

Kは紙面を繰っていく。もはや確認のための会議であるから異論は出るはずがなかった。Kとて無関係ではなく、すでにこの措置に必要な施設の発注をすませていた。『健康安全推進管理棟』なる建物が『四号認定者専用住居』に併設する形で現在建設されている。クリーンルームと呼ばれるコンクリート打ちの密閉された部屋でエアロゾル式安全化ワクチンというシアン系の化学物質を流し込み、認定者に終局的な安全を付与するという目的の建物だ。

「うん、名前がいいね。クリーンな印象がある」

センター長が一言、マイクでもって感想を述べる。

「賛同していただける方は拍手でお願いします」

司会が会場に向かって問いかけるや否や、言うまでもなく、会場に拍手が響き渡る。

拍手が鳴りやみ、司会が次の項目へ話を移そうとしたところで、会場中ほどから声が上がった。

「もう耐えられない。私たちはみんな間違ってる」

Kは一番後ろに陣取っていたこともあり、全体をよく見渡すことが出来た。

異を唱えた女性職員は起立し、遠目にも小刻みに打ち震えているのが分かった。他の職員も、みな女を静かに見つめて次の言葉を待っているようだった。

彼女は、いつだかに見た疾病研究所の研究官だった。今までさんざん言われてきたことを、改めてこの場で繰り返しているのだった。

要するに、けり病なんてものは存在しない、ということである。

「間違っているかいないかではなく、これまでの我々がやってきたことに対して需要があるかないか、で考えたほうがよろしいのではないでしょうか」

センター長が落ち着き払って返答をする。気の毒なほどに取り乱しているのは司会役の男だった。

「こんなことを続けさせるわけにはいきません。あなたたちの悪事を暴きます」

マイクも無しに、女性研究官は声を張り上げる。よく通る声だった。

居並ぶ重役たちは顔を見合わせて困惑し、それぞれが耳打ちをしはじめる。

「時にあなた……あなたは検査を受けましたかね」

センター長は相も変わらず冷静だ。

「そんなもの受けませんよ。健康診断なら受けましたけどね」

「ではあなたがけり病かどうかは分からないということではないですかな」

「けり病なんてありませんよ」

女性研究者は耐えかねて、ついに叫び声を上げる。

「錯乱しているのではないですか、あるものをないと言うなんて……」

「違います。ないという事実があったと報告しているだけです」

「なんということだ……」

センター長はあたりを見回し、「彼女は、事実が正常に認識できないのではないのか」と言った。すると周りも賛同の声をあげ、いよいよ女性はうろたえた。

「違います！　私は断じて病気などではない！」

彼女はそれまで、会場の最前列に居並ぶ重役たちに向かって声を張り上げていたが、振り向き、四方に向かって「私はちがいます」と何度も助けを求めた。

「彼女は先ほどまで病気はないと言っていたにもかかわらず、今は病気ではないと言っている。発言に一貫性も見られない」

彼女の声は、スピーカーから流れる拡張された声と会場のざわめきの中で聞き取りづらくなり、そして消えた。

「彼女のためにも、ここは一つ、我々がしなければならないことをしていくべきではないでしょうか」

意見は一致した。

会場後方からケア担当なる、屈強な男が四名入ってきた。腰にはデューティーベルトが回され、警棒やタイラップ、テイザーガンといった物々しい装備がずらりと吊り下がっていたが、一転そのすべてが白く塗装されている。男たちは二手に分かれて会場中央の研究官のもとへと、どこかうんざりとした面持で歩みを進める。

彼女は、言うまでもなくあっけなくねじ伏せられた。後ろ手に拘束具を付けられ、男たちに引きずられて会場から姿を消す。

「今回の会議は、けり病の危険性を改めて確認することで終わりました」

翌月の第一次安全化対象者一覧に、無論先の研究官の名があった。他にもかつての上司たる係長やヨシダの名を見つけたが、彼らは安全化されるだけだ、とKは自分に言い聞かせた。この一覧を承認することが、センターにおける最後の仕事となった。

結局、けりとこれを取り巻く一連の反応とは一体何だったのだろう、とKは自問した。もちろん答えは出なかった。繰り返される言葉遊びは、けりを媒介とするこの新型感染症に罹患した人そのものを「けり」と呼ばわるようにした。

これまでさんざんにキャンペーンを張って「けりがよりつかないようにしましょう」と

呼び掛けていたおかげで、街の人々は進んでこの作業にあたった。もはや止めるものはだれもいなかった。

Kは朝の身支度を終えて玄関へと向かった。出がけに、靴箱の上で転がるワッペンを横目に立ち止まる。

それはほんのささやかな反抗だった。あえて付けないという行為は確かに反抗的だが、とがめられれば「忘れた」でつき通すつもりでいた。身分がこれを助けてくれると踏んだのだ。仕組みに悪態をつきこそすれ、自分は完全に仕組み側に立つからこそ成し得た判断だった。

いやなやつだ、とほとほと自分にあきれ果てるが、もう変えられない性根なのだろう、と同時にKは思っている。階段下で例の如く大家に会ったが、なぜだか今日はすぐに頭を引っ込めるとあの小さな庭のある部屋へとそそくさと戻っていってしまった。

駅に向かう最中も似たようなことがあり、またぞろけりに関する妙な噂でも流れているのだろうとKは気にも留めなかった。

改札を通ろうとしたところで、案の定駅員に声をかけられた。

「止まれ」

ずいぶんな物言いじゃないか、とKは腹立たしく思った。自分の見立てよりも、あの証明はずっと重要な意味を表象しているのかもしれない。

「おまえけりだな」

駅員が言うと、構内の人の流れがぴたりと止まり、水を打ったように静まり返る。周囲の反応に狼狽した。

「違います、私は首都庁の職員で課長級です、それに以前はセンターにも勤めていました」

異常なまでの静けさだった。自分の声が、発したそばから消えていく。軽率な行動を取ったことを悔いたが、遅かった。

Kはいまさらになってこいつらを止めようがないことに思い至った。Kはてっきり、自分こそが今回の事案を操っているものとばかり思っていた。であるからやめようと思えばすぐにやめられると高をくくっていたのだ。

だが違った。主導権は常に彼らにこそあったのだ。とたんに彼らが恐ろしく思えた。その反面、彼らの方こそKをそれ以上に恐ろしく思っているのだ。だからKは今まさに駆除されんとしているのだ。

Ｋは逃げ出した。が、すぐに押さえつけられ、そう時間を置かずに白いバンがやってくる。全身白一色の男たちだ。白いシャツに白のワークパンツ、白の防刃チョッキとデューティーベルト。胸元にはトータルケアセンターとナイロン地でベルクロ式のワッペンが付いている。ケア担当と呼ばれる連中だ。柔和な名称が冠されてはいるが、その実自動小銃を持っていたってなんら違和感がないほどに筋骨隆々であった。

朝の通勤時間帯だったから、人の数はかなり多い。ただ、Ｋはその波に揉まれるわけでも流されるわけでもなく、今は取り囲まれている。対面には、映画に出てくる海兵隊員みたいな二人の男が立ちはだかっていた。Ｋは踵を返し、輪を成して取り囲む群衆の中へ飛び込もうとしたところで、背中に異物が鋭く突き刺さったのを感じた。取り払おうと思った時にはもう遅く、手足がまるで棒みたいに突っ張って言うことを聞かなくなった。そのまま床に倒れ込み、その拍子に鼻を打ち付けてしまった。不思議と痛みはない。Ｋは見ることはできなかったが、ケア担当の一人が、両手でしっかりと照準を定めてＫに向かってテイザーガンを放ったのだった。男の膝が腰に押し付けられる。後ろ手に拘束具を装着され、Ｋは保護された。助けを呼ぼうにも口はもちろん、足も腕もまだしびれが残っていて小刻みに震えるだけだ。バスロータリーにバンがあって、Ｋはストレッチャーに乗せられた。無論、手かせ足かせをされ、ご丁寧に額にまでベルトが巻き付けられているから、今目の前に広がるのは車の天井だけだ。

　車が動き出した。景色が見えずとも分かる。きっとこれから、あの半島へ運ばれるのだ。そこで安全化される。

　Ｋは目をかっと見開いた。そうだ、そうじゃないか。別に死ぬわけじゃない、死ぬわけじゃないんだ。安全になるだけだ。

　Ｋは自身と押し問答を続けた。すでに気が狂っていたのかもしれないが、こんなやりとりでも気を紛らわせてはくれた。

　けりなど、やはり初めからありはしなかった。誰一人として死に向き合おうとしなかった。死に別の名前と、そこに至るまでのハードルをいくつも設けることで、乗り越えることのできる事務手続きの一つとしてこれを捉えようとしたのだ。

　今やこの街は、世界のどんな場所よりもきれいで無害だ。死のない街だ。

　それでも車が速度を落とし始め、いよいよ最期の時が近づくと、Ｋはまたしても考えを改めた。

　いや、違う。殺されなどしない……。これからただクリーンになるだけだ……。

ストレッチャーから降ろされたＫは、件の男二人に担がれ、コンクリート打ちの部屋に投げ込まれた。

なぜこんな部屋で犬のように殺されねばならないのだ。いつだってシステムには従順にしていたじゃないか、と怨嗟の念を込めてガラスの向こうに居並ぶ面々をＫは睨んだ。自身の表情が脈絡なく、それこそいつぞやの広告よろしくころころと切り替わるのを認める。

最期の瞬間に臨まんとする恐怖と、いや、本当にただ単に安全化されるだけではなかろうか、実際今まで業務に従事していたときだって死や殺害などという物々しい言葉は一度たりとも見たことはなかった、というわずかな希望のせめぎ合い故だった。

砂浜に打ち上げられた水棲生物を思わせる動きで、Ｋはもぞもぞと抵抗を試みた。

どれほどの時間が流れただろう。もう何日もここに閉じ込められているような気もしたし、ほんの数秒前に放り込まれたばかりにも思える。全身汗みずくで、そのせいで前髪は額に張り付いていた。

気力よりも先に体力がなくなって、冷たいコンクリートに頭を降ろす。頬の熱が床に吸い取られていくみたいだった。

しかし、いくら待っても安全化されることはなく、摩訶不思議なことだが、唐突にドアが開いた。

体力とは、そのまま気力のことを言うんだな、とKは諦念とともにふと思った。ドアに視線を向けることもできなかった。

両脇を男二人に抱えられることで、初めて自分の身に、これまで見てきたものとは違うルートが開きつつあることを感じ取る。

応接室のような、小ぢんまりとした部屋で拘束具を外され、向かい合う二つのソファのうち一つに腰を掛けて待つよう指示された。

まだ自分の行く末は中空に漂ったままだ。

少しして、中年の男と年若い女の二人が入ってきた。どちらもスーツ姿で、女の方はハンドタオルとペットボトルの水を置くとそのまま踵を返して部屋を後にした。

残された男の方はといえば、断ることもなくソファに腰をおろし、「いや、申し訳ありませんでした」、とだしぬけに謝罪を寄越した。

そんな一言ですべてを片付けるつもりだろうか。Kは、胃の少し下辺りでふつふつと沸き立つ何かを感じ取った。一転、口から喉にかけて、すっかり水分という水分がなくなっていて言葉を発することが出来なかった。

「こんなものしかお出しできませんが、取り敢えず汗を拭っていただいて、水でも飲んでください」

男は、Ｋが落ち着くのを見計らってから話を切り出した。

「実はですね、一つ今施策に看過しがたい行政上の瑕疵が見受けられましてですね」

あと一歩で安全化される憂き目に遭うところだったＫを前にして、初めに繰り出す謝罪よりも、これから言わんとしていることの罪の重さに、この男は感じ入っているらしい。

ごくごく一般的な役人が何かしらの罪を認めるとき、彼らにはちょっとした共通点を見出すことができる。例えばその言い回しや単語、語順などに。

罪は認める。だけれども、素直に認めることはない。因果関係や責任の所在を隠すことはできないが、分かりにくくすることはできる。例えば今この男が言っているように、だ。

「というのも、先般当該事象と思しき事案について報告がなされたとき、各主管では感染症等の恐れはない、ということで一定の結論を見出していたわけでありますが、Ｋさんも職員であればご存じかとは思いますが、行政行為には公定力が働き、基本的には当該行為が違法ないしは不当であってもこれは直ちに無効になることもなく、また遡及効をも持たぬわけでありますが、今事案については、基本と応用、原則と例外という対照に当てはめるのであれば、後者に当たるわけで、つまりは当調査から引き続き行われた再調査部分が、国をはじめとした各所での行為の基礎、つまりは行為の事実認定部分のことでありますが、この部分にですね……」

男はKに説明をするというよりも、自分を説得するような身振り手振りで以て講義を続けた。

Kは頭の中で、逐次通訳をせねばならなかったが、要旨はなんてことない、「第一にけりは渡り鳥ではなく留鳥で、範囲が広範に及ぶこともないし、第二にやっぱり感染症はそもそもありませんでした。今回の一連の行為は、全部間違いでした」ということに帰着した。

大切なのは仕組みに適合しているか否かだ。

いかなる所管から発出された指示であるか、文書分類記号に誤りはないか、日付は有効か、そういったことをクリアして、初めて組織は動く。

時に、これらハードルをクリアしていないものがするすると運よく通り抜けることがある。今回がそうだった。しかし仕組みは決してこれを許容しない。許容しないわけは、正義や理念を度外視しているからではなく、ただ単に形式に適合していないから許容しないのだ。

仕組みとか形式とか機能についての疑問が日増しに高まっていた。中央線は、今日も混んでいる。Kはドア近くの角に、すっぽりと収まるようにして立って、窓の向こうに広がる低層住宅街を眺めつつ、改めて仕組みと、いつだかの会議の際に配られた免疫に関する資料のことに思いを致した。中野でまたどっと人の乗り降りが起きる。淀んだ車内の空気と外の空気がほんの少しだけ入れ替わった。Kの思考はなぜだか冴えていて、そういう喧騒などいざ知らず、相も変わらず回転を続けていた。

あの一連の騒動は、本来もっと早い段階で免疫によってパージされて然るべきものだったのだ、と思ったあたりでドアが閉まった。中野を過ぎると、建物の背が次第に高くなってくる。

この電車に乗る勤め人も学生も、駅員もキオスクの店員もほとんど全ての人々が今やすっかりけりのことは飲み下してしまっている。あんな目に遭った自分ですらその一員であり、こうして日常を営んでは通勤のために中央線に揺られて新宿へと向かっているという事実には心底驚かされる。

仕組みの機能は、形式に適合しているか否かを判別するだけだ。今回はたまたまそれがうまく機能しなかったが、免疫機能は、困ったことに正常に機能していた。

異物に対する反応というやつが、最大公約数の正体なのだろうか。この車両に乗る人々も、あの街々の下にある生活も、免疫を持つ細胞の一つ一つなのではないだろうか。

遠くに望む山並みが、あたかも融解する氷のごとく、地面に消えていった。地平線の向こうから、ゆっくりと、しかし確実にその波が押し寄せてくる。家々の屋根もまた、車窓の向こうで、有機体と化して隣家と、道路と、人々と結合していく。それぞれが持つ色は混ざり合って黒く粘性の高い液体に変じる。高架化される線路の下は、時を置かずに黒い海に変わり、全ての建造物は今や消え去った。

陽光が、その表面でてらてらと光っている。

誰しもがこの機能に言及をしないのは、誰しもがこの機能について脛に傷を持っているからで、Ｋもその例外ではなかった。革靴が車両の床に溶けだし、手すりから手が離れなくなっていた。中央線は、高架もろとも黒い海に沈んだ。あの液体が隙間という隙間から中に浸入してくるのではないかとも思ったが、そうではなくて、乗客や、車両全体がこれに溶けだし、すぐに形状を保つことをやめた。視線がぼやけ、意識が混濁してきたが、思いのほか心地よかった。

Ｋは、抜け出なければならない、と胸の内、身体の全てがこの薄汚い海に溶けださずに残っているのであれば、その部分から微かに飛んでくる意思を感じた。今はよくわかっている。その意思は不要なものだ。だからこの最大公約数からはみ出た部分を、コギトを握り潰してやった。潰した、と確かな感触を得たのと同時に黒い海は消えた。街が、山が、人が帰ってくる。景色の全てが快も不快も伴わない、完璧な環境として立ち戻ってきた。

Ｋは、後味の悪さを持つことを禁じ得なかったが、でもそれははじめからそうで、これからもふざけた態度を取ったり悪態をついたりはするだろうが、よもや仕組みにも最大公約数にも逆らいなどしない、ということだけは分かっていた。

ぼくの安全と安心が保障されるのなら、他に何もいらない。

初出　「群像」二〇二〇年四月号

装丁　宮古美智代
カバー写真　水谷吉法

砂川文次（すなかわ・ぶんじ）
1990年大阪府生まれ。神奈川大学卒業。元自衛官。現在、地方公務員。2016年、「市街戦」で第121回文學界新人賞を受賞。2022年、「ブラックボックス」で第166回芥川賞を受賞。著書に『戦場のレビヤタン』『小隊』『ブラックボックス』がある。

臆病《おくびょう》な都市《とし》

二〇二〇年七月二八日　第一刷発行
二〇二二年二月　三　日　第二刷発行

著者──砂川文次《すなかわぶんじ》

発行者──鈴木章一

発行所──株式会社講談社
東京都文京区音羽二─一二─二一
郵便番号　一一二─八〇〇一
電話　出版　〇三─五三九五─三五〇四
　　　販売　〇三─五三九五─五八一七
　　　業務　〇三─五三九五─三六一五

印刷所──凸版印刷株式会社

製本所──株式会社若林製本工場

ISBN978-4-06-520429-0